CAPTIVE
La Faille

Tome 2

Julie JEAN-BAPTISTE

CAPTIVE
La Faille

Tome 2

© 2020 Julie JEAN-BAPTISTE

Édition : BoD – Books on Demand,
12/14 rond-point des Champs-Élysées, 75008 Paris
Impression : BoD - Books on Demand, Norderstedt,
Allemagne

ISBN : 978-232-237-654-4
Dépôt légal : Juin 2021

Comme un phénix, qui doit passer par le feu destructeur pour renaître, je me devais de m'embraser pour me délivrer. J'avais besoin que ces pans de moi-même tombent en cendres comme dans l'un de ces rites humains. Pour enfin l'atteindre : la liberté. Et te retrouver.

ÉPILOGUE

Comment en est-on arrivés là ? Comment me suis-je retrouvée, le corps endolori, parcourant les couloirs d'une maison inconnue à ta recherche ? Comment se fait-il qu'en te retrouvant face à moi, tu m'aies regardée comme une inconnue ? Comme la première fois où tu as posé les yeux sur moi, troublé de réaliser que j'existe vraiment. Que ce soit ton corps ou le mien, ils ne peuvent nous donner aucun indice sur notre passé.

Pourtant, nous sommes là, aujourd'hui, l'un en face de l'autre et pour la première fois, une larme coule au coin de ton œil et tes mains tremblent.

S'il te plaît, raconte-moi. Dis-moi tout sans rien oublier. Comment en est-on arrivé là ?

Automne
1958
U.R.S.S

1.

La pluie tombait sur le manoir et sa dépendance. C'était l'automne. Les arbres prenaient des teintes orangées et le froid rude de l'hiver approchait.

Le sujet Numéro Deux observait le sujet Numéro Un qui lisait, confortablement installée dans le vieux fauteuil en cuir de la bibliothèque. Une gnossienne d'Erik Satie crépitait sur le tourne-disque, entouré par les étagères, qui croulaient sous le poids des livres.

Le visage de Numéro Un avait encore la rondeur de l'enfance. Ce qui contrastait avec le chignon strict et la jupe tailleur qu'elle portait.

Numéro Deux détacha les premiers boutons de la veste de son uniforme et soupira.

— Il semblerait que nos invités aient du retard, constata-t-il.

— Un problème sur la route, sûrement.

Elle sourit faiblement. Deux était impatient. Cependant, les personnes qu'ils attendaient n'avaient pas moins de six heures de retard.

La dépendance du manoir, dans laquelle ils vivaient, se situait au milieu de la forêt et était difficile à trouver. Situé à deux heures du village le plus proche, le manoir était une légende que se racontaient entre eux les habitants. Néanmoins, grâce aux indications du professeur Daniil, le précédent propriétaire des lieux, il était plutôt aisé de s'y rendre. Avoir six heures de retard était donc un exploit. L'opinion de Numéro Deux concernant ce nouveau propriétaire était mauvaise.

Soudain, Numéro Un leva les yeux de son livre et le ferma.
— Je crois qu'ils arrivent.

Deux se leva brusquement, lui faisant signe d'attendre. Elle leva les yeux au ciel et posa son menton sur son poing. Il était vraiment trop protecteur avec elle.

Les voitures entendues par Numéro Un étaient encore loin, se démenant aux abords de la forêt qui entourait le domaine. Son ouïe exceptionnelle lui permettait d'entendre jusqu'à plusieurs centaines de mètres.

Deux descendit lestement les escaliers et patienta devant l'entrée, les bras croisés.

Quelques minutes plus tard, il entendit le crissement des freins des véhicules dans l'allée et des voix crier des ordres. Numéro Un choisit ce moment pour sortir de la bibliothèque et attendre leurs convives, assise en haut des marches. La pluie déferlait sur la fenêtre donnant sur l'escalier en bois.

Enfin, la porte d'entrée claqua et un ouvrier en imperméable noir, dégoulinant de pluie, entra brusquement en tirant une malle. Juste derrière lui, un homme de taille moyenne, mince, coiffé d'un élégant chapeau noir, entra à son tour. Il avait dans une main un parapluie qu'il secoua énergiquement et dans l'autre une mallette. Il se rangea sur le côté afin de faire place aux autres arrivants. À sa suite, des employés déchargeaient des affaires. Deux s'étonna de constater que ses invités n'avaient pas pris la peine de frapper.

— Bonjour, intervint Deux, l'homme ne l'ayant pas encore remarqué.

L'homme à la mallette sursauta et arrangea ses petites lunettes rondes sur son nez. Numéro Un descendit les escaliers à son tour. Deux lui lança un regard de travers, ennuyé qu'elle ne l'ait pas écouté et lui opposa sa main afin qu'elle n'avança pas plus près.

— Qui êtes-vous ? demanda l'homme en les examinant, les sourcils froncés. Êtes-vous les enfants du gardien ? On ne m'avait pas prévenu que quelqu'un surveillait les sujets.

— Je suis le sujet Numéro Deux et voici le sujet Numéro Un.

L'homme ouvrit grand les yeux.

— Sujets numéro Un et numéro Deux ?

— Oui.

— Comment se fait-il que vous soyez en liberté ?

Deux leva un sourcil et recula d'un pas, invitant Un à intervenir. Ce qu'il venait d'entendre ne lui plaisait pas et il ne put retenir une expression de dégoût sur son visage. Numéro Un saurait quoi dire. Elle avait bien plus de patience et de diplomatie que lui.

— Bonjour. Vous devez être le docteur Petrov, je suppose ? Enchantée de vous connaître.

L'homme semblait totalement abasourdi face à cette jeune fille d'un mètre cinquante-huit. Il dévisagea Numéro Un avec de grands yeux surpris et resta sans voix. Puis, il reprit ses esprits et répondit enfin :

— Je suis le docteur Zaystrev. Mais je vous en prie, appelez-moi Jonathan. Le docteur Petrov a dû renoncer à venir. On m'a demandé de m'entretenir avec le sujet numéro Un à ce propos. Cependant, je ne m'attendais pas à me retrouver face à une enfant.

— Vous devriez vous méfier des apparences.

Tous les employés étaient maintenant à l'intérieur. Réunis dans l'entrée, ils attendaient qu'on leur donne des instructions. Ils s'étaient débarrassés de leurs imperméables trempés qu'ils avaient entassés dans un coin de l'entrée. Le parquet ne s'en remettrait peut-être pas.

Il y avait trois femmes et cinq hommes. Parmi eux se trouvaient Mathilda, une infirmière qui avait déjà travaillé pour eux, ainsi qu'Alexeï, un ancien assistant du professeur Daniil.

— Souhaitez-vous faire le tour du propriétaire ? proposa Un.

— Non, répondit Jonathan avec dédain. Alexeï se chargera de me faire visiter les lieux. Je souhaiterais que vous retourniez dans vos quartiers. Je viendrai faire le point avec vous quand nous aurons terminé de nous installer.

— Très bien.

Numéro Un, suivie de près par Numéro Deux, monta dans leur chambre.

— Je n'aime pas cet homme, déclara Deux une fois la porte fermée.

— Laissons-lui une chance. Il a été nommé à la dernière minute. Il n'a sûrement pas reçu toutes les informations. Tu sais que notre condition peut être mal interprétée.

— Quelque chose me dérange.

— Moi aussi. Mais pour le moment, attendons. On avisera par la suite.

Ils patientèrent dans leur chambre jusqu'au soir. N'entendant plus personne, Un et Deux se rendirent à la salle à manger pour dîner. Il était minuit, tout le monde dormait.

Dans la cuisine, sur le comptoir, ils trouvèrent deux assiettes couvertes par un torchon, accompagnées d'un mot : « *Votre dîner. Désolé. Alexeï.* »
— Je n'aime vraiment pas ce docteur, renchérit Deux.

2.

Des trombes d'eau s'abattaient sur la vitre du van. Coincée à l'arrière avec Vera Solovyov et Edna Novikov, ses deux nouvelles collègues, ainsi qu'une valise, l'infirmière Mathilda Kuznetsov observait la forêt qui les entourait. La pluie tombait si fort qu'elle ne lui laissait pas beaucoup de visibilité, mais elle préférait cela au discours ennuyeux de ses futurs collègues. Elle avait cessé de les écouter lorsque l'homme qui se trouvait au volant, un ouvrier nommé Bernard Nowak, avait comparé le sujet Numéro Un à Baba Yaga.

Tout à coup, le conducteur appuya sur le frein et elle se cogna la tête contre le siège avant.

— Faites donc un peu attention !
— Désolé, mademoiselle. Mais ça s'est arrêté devant.

Le visage de Bernard, marqué par des cicatrices dues à l'acné, se tourna vers elle. Il avait l'air stupide. Sa carrure imposante, ratatinée par l'habitacle étroit du van, lui donnait un air encore plus benêt. Mathilda se pencha et jeta un coup d'œil par le pare-brise, en arrangeant le foulard noué autour de ses cheveux. L'endroit lui rappelait vaguement quelque chose. Si elle ne se trompait pas, ils étaient encore loin de leur destination.

— Nous sommes perdus.
— Quoi ? s'écrièrent en cœur les trois passagers qui l'accompagnaient.
— À ce rythme-là, nous n'y arriverons jamais avant la tombée de la nuit.

Une lueur de terreur apparut dans le regard de Vera, qui se cacha la bouche avec sa main blanche.

— Au moins, si nous nous perdons, la Baba Yaga nous trouvera, ajouta Mathilda sur le ton de la rigolade.

Sa collègue, offusquée, lui donna une tape sur l'épaule et se signa.

— Pourquoi n'écoute-t-il pas Alexeï ? Nous serions arrivés depuis bien longtemps. Nous avons déjà presque six heures de retard.

Alexeï avait travaillé avec Mathilda au côté du professeur Daniil. À sa connaissance, il se trouvait dans la voiture de tête. Il avait été désigné comme le bras droit du nouveau docteur afin de le guider dans son installation.

— Croyez-vous qu'ils nous feront payer notre retard ? demanda Vera.
— Petite sotte. Pourquoi avoir accepté de venir travailler ici si vous avez si peur d'eux ?

Elle baissa les yeux, gênée. Edna lui lança un regard noir et reprit la broderie qu'elle avait dans les mains. Le moteur redémarra et le trajet reprit. Lorsqu'ils approchèrent enfin de la dépendance, la pluie ne tombait plus aussi fort. Mathilda sourit tristement en se souvenant du jour où elle avait quitté les lieux, un an plus tôt.

Le professeur Daniil avait manqué de fonds et avait craint de ne plus pouvoir la payer. Il l'avait alors congédiée. Lorsque Mathilda avait été convoquée par le nouveau directeur, elle avait été ravie, bien qu'inquiète. Ce contretemps sur leur itinéraire ne faisait que conforter son inquiétude. Ce docteur Jonathan semblait particulièrement têtu et ses intentions étaient difficiles à cerner.

Bernard lui ouvrit la portière avec un imperméable noir à la main, qu'il lui remit. Ses collègues et elle durent aider à décharger le camion. Vu le retard qu'ils avaient accumulé, il était hors de question d'attendre que le temps soit plus clément. Ce fut donc sous la pluie qu'ils se mirent à récupérer les énormes bagages du docteur. Essentiellement du nouveau matériel, lui semblait-elle. Elle se rappelait avoir vu des équipements similaires à l'hôpital de Moscou, lorsqu'elle y avait travaillé.

Essoufflée, elle s'arrêta un moment. Il avait enfin cessé de pleuvoir. Devant elle, l'aidant à porter une malle, Edna semblait tout aussi fatiguée. Elles évitaient péniblement les flaques de boue entre le gravier qui pavait l'entrée tout en faisant attention à ne pas abîmer les précieux bagages du docteur. Mathilda leva la tête vers la fenêtre de la bibliothèque. Furtivement, elle crut apercevoir la silhouette de Numéro Un qui les observait.

— Est-ce que... c'était elle ? lui demanda Vera qui se trouvait derrière elle.

— Je pense que oui.

— Comment devons-nous les appeler ? Parlent-ils notre langue ?

— Oh, taisez-vous, Vera. Vous m'agacez avec vos questions stupides.

Elle fit signe à Edna de repartir et emboîta le pas d'un ouvrier qui poussait une lourde caisse.

Dans l'entrée de la dépendance, tout le monde était rassemblé sous le vieux lustre en fer forgé, attendant les prochaines instructions du nouveau directeur.

L'endroit n'avait pas changé. Le lambris recouvrait les murs de moitié, suivi de près par les tapisseries défraîchies. Le hall d'entrée, qui desservait les salles communes, un dortoir, la cuisine et l'escalier, n'était qu'un lieu de passage, vide de tout objet.

Le visage de Vera s'empourpra à la vue du sujet Numéro Deux, qui se tenait devant Jonathan. Il ressemblait à un jeune prince rebelle. Les premiers boutons de sa veste étaient défaits, négligemment, laissant apparaître sa chemise blanche à col officier. Il se tenait avec les mains dans les poches, ce qui lui donnait un air nonchalant et sûr de lui.

Mathilda remarqua la distance qu'il essayait de maintenir entre Numéro Un et le nouveau propriétaire. L'instinct de protection de Deux envers Un avait sûrement dû se renforcer. Si ce docteur faisait un seul faux pas, elle ne donnait pas cher de lui et des autres. Voire d'elle-même, si Deux la considérait comme une traîtresse. Elle hésita à partager cette réflexion avec sa collègue, mais se retint. Cette dernière risquerait de se mettre à hurler et courir partout.

Derrière lui, avec la prestance d'une future tsarine, se tenait la petite Numéro Un, qui la salua en lui adressant un léger signe de la tête et un sourire. Mathilda lui sourit en retour. Numéro Un n'avait évidemment pas changé. Elle était adorable dans son uniforme. Malgré son air enfantin, on sentait toute la maturité d'une femme à travers sa posture et son regard.

— Mathilda ? lui chuchota Vera à l'oreille. Est-ce que ce sont eux ?
— Oui, Vera. Vous voyez, il n'y avait rien à craindre.
— C'est impossible. Le monstre est plutôt beau garçon.
— Cessez avec ce mot.

Vera balaya une mèche de ses cheveux châtains derrière son oreille et échangea quelques gloussements avec Edna. Il ne manquait plus que ça. « Cette petite sotte est sous son charme », pensa Mathilda.

Devant elle, Alexeï, crispé, écoutait attentivement la conversation entre le docteur et le sujet Numéro Un. Quelle que soit la teneur de leurs propos, cela ne plaisait pas à son collègue, qui était mal à l'aise. Une fois la discussion terminée, les sujets remontèrent à l'étage, certainement dans leur chambre. Perplexe, Mathilda s'avança vers Alexeï qui semblait franchement embêté.

— Alexeï, que se passe-t-il ? Pourquoi sont-ils partis à l'étage ? Ils ne veulent pas rester pour nous donner un coup de main ?
— Le docteur Jonathan préfère qu'ils se reposent avant le début des recherches.
— Mais nous allons mettre des heures à tout rentrer.

Alexeï lança un coup d'œil vers Jonathan, puis haussa les épaules de dépit.

— Vous savez peut-être comment traiter avec ces bêtes, mais tout le monde n'y est pas encore habitué, déclara Jonathan. Pour notre sécurité, il est préférable qu'ils restent là-haut, dans leur appartement. D'ailleurs, si je comprends bien, ils ont une chambre ? demanda-t-il en se tournant vers Alexeï.
— Oui, ils partagent une chambre. Celle qui se trouve à côté de la bibliothèque.

— Je pensais qu'ils seraient enfermés dans des cages.
— Comme des cobayes, vous voulez dire ?
— C'est ce qu'ils sont, après tout. Mais enfin, ils ne se sont pas échappés. Cela prouve qu'ils ont besoin d'un maître pour les diriger.
— Vous devriez vous méfier au lieu de fanfaronner, cracha Mathilda, remontée contre ses collègues et son nouveau patron. Suivez-moi, mesdemoiselles, nous allons nous installer dans nos quartiers.
— Allons-nous vivre là-haut, avec eux ? demanda Edna, craintive
— Cela vous pose-t-il un problème ? Vous préférez peut-être rester en bas, dans le dortoir des hommes ?
— Non, du tout. Je vous suis.

Mathilda monta les escaliers, frappant chaque marche comme si elle leur en voulait. Vera et Edna la suivaient de près, sur leurs gardes.

Le dortoir des femmes comptait six lits. Le mobilier était spartiate et les matelas à ressorts grinçaient lorsqu'on s'assaillait dessus. Chacune d'entre elles rangea ses vêtements et effets personnels dans la garde-robe attenante et dans le coffre en bois situé au pied de leur lit.

— Pourquoi le dortoir des femmes est-il situé ici ? demanda Vera. C'est dangereux.
— Il se trouve à côté de leur appartement afin qu'ils puissent nous protéger. Au cas où.
— Nous protéger de quoi ?
— Des attaques ennemies ou du gouvernement.

Vera et Edna pouffèrent de rire. Cela leur paraissait totalement improbable dans cette forêt perdue au milieu de nulle part.

— Cela ne risque pas d'arriver. D'autant plus que nous sommes employés par le gouvernement.
— Comment ?

Mathilda avait presque failli oublier ce détail, qui avait pourtant fait la fierté de son fiancé lorsqu'il avait compris qu'elle serait membre du prestigieux comité pour la sécurité de l'État.

— Cela vous avait-il échappé ? Quant à Jonathan, il est le nouveau directeur des expériences spéciales. Nous ne risquons donc plus de nous faire attaquer par le gouvernement. On devrait déménager, vous ne croyez pas ? Savez-vous s'il y a d'autres pièces ?

— La dépendance ne compte que deux chambres et deux dortoirs.

— Et le manoir qui se trouve à côté ?

— C'est une ruine à l'abandon depuis Dieu seul sait quand.

— Pourquoi les appréciez-vous autant ? demanda Edna. Ce ne sont que des armes de destruction. Violents, sanguinaires. Ils ne sont même pas vraiment humains.

— Que savez-vous d'eux sinon les rumeurs que vous avez glanées dans les couloirs avant de venir ici ? Savez-vous quelle est la véritable raison de leur existence ? J'ai vécu dix ans avec eux. Ce sont des êtres extraordinaires, bien plus humains que vous autres.

— Il n'empêche que maintenant, vous êtes une vieille fille et vous ne risquez pas de vous marier en vous enterrant ici pour les dix prochaines années. Moi, je suis encore jeune. Ce travail confortablement rémunéré m'apporte une bonne dotation pour mon avenir. Mais qu'en est-il pour vous ?

Mathilda devint rouge de honte. Le teint frais de ses collègues la narguait. L'infirmière avait quelques rides et des cheveux blancs commençaient à faire leur apparition dans ses boucles noires. À trente-six ans, elle n'était toujours pas mariée. Elle avait bien un compagnon qu'elle avait promis d'épouser, dans son village près de Moscou. Il travaillait comme embaumeur au sein de l'hôpital dans lequel elle exerçait. Elle l'avait convaincu que la paye généreuse qu'elle recevrait en travaillant pour le docteur Zaystrev leur permettrait d'acheter une maison et d'élever leur enfant paisiblement. Il avait accepté à une condition : qu'elle n'y reste qu'un an. Étant nourrie et logée sur place, elle ferait d'énormes économies. Cependant, au vu de la situation, elle se demandait si elle n'allait pas rester plus longtemps.

Sa carrière d'infirmière avait commencé ici, dans ce manoir. Avant cela, le docteur Daniil avait été son professeur à l'école d'infirmière ; il avait accepté ce poste afin de financer un projet personnel ambitieux : créer des êtres génétiquement sélectionnés. « Il veut ramener Jésus à la vie », avait-elle cru en l'écoutant la première fois. Le docteur Daniil souhaitait créer une armée de la paix. Numéro Un n'était qu'une ébauche, mais quel excellent début ! Intelligente, habile, dotée de capacités hors du commun qu'il n'avait sûrement pas fini de découvrir. Des êtres supérieurs, censés remplacer le peuple russe pour les rendre meilleurs et faire briller la patrie à travers le monde. Répandant la paix et prenant des décisions éclairées pour le bien d'une humanité primitive. Malheureusement, les choses ne s'étaient pas tout à fait passées comme il l'avait imaginé.

Alexeï frappa à la porte, la sortant de ses pensées.

— Mesdemoiselles, veuillez m'excuser, mais nous avons besoin de votre aide. Nous avons beaucoup de matériel à installer.

— Nous vous rejoindrons dans un instant, Alexeï.

Le soir, au dîner, Alexeï et Mathilda s'isolèrent du reste du groupe, s'installant sur une table près de la fenêtre de la salle à manger. Ils restèrent en silence un moment. La situation était étrange. Jamais ils n'auraient cru devoir revenir ici et prendre à nouveau un repas dans cette salle à manger mal éclairée et rustique. En partant, Daniil leur avait fait comprendre qu'il ferait son possible pour que cela ne se produise plus. Ils avaient déjà pris tant de risque pour évincer le comité de leur vie. Il ne voulait pas les mettre en danger. Et il n'avait pas eu tort de se méfier, car malgré tous ses efforts pour qu'il garde leur indépendance, le gouvernement en avait décidé autrement.

— Où sont-ils ? s'enquit Mathilda. Nous devrions les appeler pour qu'ils viennent manger avec nous.

— Non, ce n'est pas une bonne idée.

— Alexeï, vous devez le convaincre du caractère inoffensif des sujets.

— Je n'ai déjà pas réussi à le convaincre de suivre la bonne route pour venir jusqu'ici. Cet homme est têtu et suffisant. Je ne sais pas quelles sont ses intentions et cela m'inquiète. Je crains de ne pas pouvoir rester très longtemps. Juste le temps de l'aider à s'installer...

— Vous n'allez pas faire ça ? Vous n'allez pas les abandonner à cet être perfide ?

— J'ai encore une chance de trouver un bon poste ailleurs. La réputation du docteur Daniil à la suite de ses agissements n'a pas encore entaché ma personne. Je dois en profiter tant qu'il est encore temps.

— Ils ont confiance en vous.

— Les sujets sont suffisamment intelligents pour savoir... pour savoir...

— Que cachez-vous ?

Il regarda autour de lui pour voir si quelqu'un les observait, puis passa ses mains dans ses cheveux ébouriffés et sa barbe hirsute.

— Daniil n'a pas choisi cet homme. C'est le gouvernement qui l'a nommé à ce poste afin de récupérer ce projet une bonne fois pour toutes et leur objectif est très éloigné de l'objectif initial. Le docteur Petrov n'a pas renoncé à venir ici, on l'en a empêché. Il a été arrêté en Allemagne.

— Dans ce cas, qui est ce docteur ?

— Un savant fou. Je ne sais pas ce qu'il ambitionne, mais cela ne me dit rien qui vaille.

— Si seulement Daniil n'avait pas fourré son nez dans les affaires du comité.

— Il n'avait pas le choix. S'il ne l'avait pas fait, les deux sujets auraient été capturés et qui sait ce qu'ils seraient advenus d'eux ? Cela aurait pu être bien pire.

— Il est quasiment impossible de mentir à cette enfant, Alexeï, vous le savez.

— Nous ne lui mentons pas. Je suis certain que Numéro Un est déjà au courant. Du moins, elle se doute de quelque chose. Mais sa nature la pousse à faire confiance et à ignorer les faits lorsqu'elle pense que c'est dans son meilleur intérêt. Elle ne nous mettra jamais dans une situation délicate. Elle a confiance en nous.

— Nous n'honorerons pas cette confiance en fuyant, comme vous envisagez de le faire.

— N'oubliez pas que nous n'étions plus censés les revoir. Ils sauront quoi faire. Désormais, leur avenir est entre leurs mains.

— Ils n'ont aucun libre arbitre. Leur vie entière leur a été dictée par Daniil.

— Alors ils devront apprendre.

— Mais que deviendront-ils ? Les services secrets ne les lâcheront pas.
— Voyons, Mathilda, vous savez que ce sera le cadet de leurs soucis. Leur plus grand défi sera de trouver un sens à leur vie, une aspiration personnelle à suivre. Pour l'éternité.

3.

L'air était frais et leurs corps chauds fumaient dans la forêt ; recouverte d'une fine couche de neige, qui entourait la dépendance. Numéro Un devançait numéro Deux de quelques mètres. Leurs corps athlétiques se faufilaient avec aisance entre les arbres. Un et Deux couraient comme chaque matin. Après la course, ils se rendaient dans la salle d'entraînement située au sous-sol de la dépendance pour deux heures d'exercice physique. Cet entraînement de trois heures faisait partie de leur régime quotidien, strict et millimétré.

Le soleil était levé depuis une heure quand ils arrivèrent dans la cuisine pour préparer leur petit-déjeuner. Personne n'était encore levé. Seul le bruit de leurs couverts brisait le silence. Les autres tables rondes en bois étaient vides. La salle était plongée dans la pénombre ; une applique sur cinq fonctionnait. Le lambris en bois foncé et les poutres ne faisaient qu'accentuer l'obscurité ambiante.

Lorsque le professeur Daniil avait emménagé sur le domaine dont il avait hérité de ses grands-parents, il n'avait pas eu les moyens de financer une rénovation totale. Ils vivaient donc dans des conditions austères. Concentré sur son travail, il avait utilisé tous les moyens à sa disposition pour ses recherches et les missions de Numéro Un et Numéro Deux. Le manoir qui se trouvait à côté de la dépendance était bien trop grand et onéreux à entretenir. La grande bâtisse majestueuse tombait en ruine.

Tout à coup, la grande porte qui leur faisait face s'ouvrit dans un grincement aigu, laissant passer un filet d'air froid provenant du couloir, mal chauffé. Le docteur Jonathan fit irruption. Il était vêtu d'une chemise blanche, d'un beau pantalon et d'une cravate, sous sa blouse de médecin. Cet ensemble était bien trop chic, comparé au style débraillé de leur ancien professeur.

Dans un premier temps, il sembla surpris de les trouver là, puis il arbora un grand sourire qui se voulait sûrement accueillant.

— Bonjour, sujets Numéro Un et Numéro Deux.
— Bonjour, docteur Jonathan, répondit Un.

Deux le regarda de haut et ne serra pas la main qu'on lui tendit. Loin de se laisser démonter, le docteur reprit :

— Vous êtes déjà levés ?
— Oui, nous nous entraînons trois heures tous les matins.
— Oh. C'est bien. Et vous avez vous-mêmes fait à manger ?
— Oui.
— Très bien. Cela dit, nous vous aurions apporté à manger dans votre... chambre.
— Je n'en doute pas, rétorqua Un avec ironie en repensant à ce qui s'était passé la veille. Quand aurons-nous l'occasion de discuter ?

— Je vous l'ai dit hier : quand nous aurons terminé de tout installer. Ainsi, je pourrai vous montrer directement comment les choses vont se passer.

— Et quand pensez-vous terminer ?

— Dans une semaine environ. D'ici là, j'apprécierais que vous restiez dans vos quartiers.

— Docteur Jonathan, je peux comprendre que vous ayez entendu des rumeurs à notre sujet qui vous poussent à nous craindre, mais nous sommes parfaitement inoffensifs. Nous vivons comme la plupart des êtres humains.

— Je veux bien vous croire, sujet numéro un. Cependant, les assistants et les ouvriers qui m'accompagnent sont persuadés que vous êtes des... monstres.

Numéro Un comprit à travers son regard que les ouvriers et les employés n'étaient pas les seuls à le penser. Ce n'était pas la première fois qu'on les désignait de la sorte. Elle ne s'inquiéta pas outre mesure ; il changerait d'avis avec le temps.

— Très bien. Dans ce cas, nous remonterons à l'étage après notre petit-déjeuner. Des cours sont-ils prévus cette semaine ?

— Des cours ? Eh bien, je ne pense pas. Considérez que cette semaine est consacrée au repos. Nous aurons fort à faire par la suite. Les entraînements du matin ne sont pas non plus indispensables.

— Je suppose que nous devons aussi limiter nos déplacements, étant donné que nous partageons le premier étage avec votre personnel ?

— Vous supposez bien.

— On va bien s'emmerder avec vous, intervint Deux, exaspéré par l'attitude de ce nouveau propriétaire. Vous nous craignez. Et vous avez raison de le faire, car nous pourrions vous tuer d'un claquement de doigts, mais nous avons décidé de vous épargner. Cependant, n'oubliez pas une chose : c'est chez nous ici, on fait ce qu'on veut.

— Ça suffit, Deux, intervint Numéro Un, agacée. Nous ferons comme il dit.

Deux serra la mâchoire et la suivit sans sourciller.

Le docteur Jonathan les regarda s'éloigner et ne manqua pas de remarquer leur insolence. S'il souhaitait maîtriser ces bêtes, il allait devoir faire vite.

4.

Cela faisait deux jours que le nouveau propriétaire avait pris possession des lieux. Il n'arrêtait pas de tempêter sur l'état du domaine. Il pouvait déjà s'estimer heureux que le professeur Daniil ait pris la peine de faire installer l'électricité et l'eau courante. Mais il faisait froid et le mobilier était somme toute, rudimentaire et désuet. Quant à la nourriture, elle était loin de ce qu'il avait pour habitude de manger à Leningrad.

Les meubles qu'il avait commandés devaient arriver d'ici la fin de la semaine. Il avait hâte de les recevoir afin de se sentir pleinement à sa place dans sa nouvelle fonction. Ce bureau-ci lui rappelait plutôt celui d'un chercheur d'université mis au placard avec un sous-main rongé par le temps, une chaise en bois bancale et des étagères qui semblaient avoir été fabriquées par l'apprenti du menuisier du coin. Installé à son bureau, il rédigeait sa feuille de route, lorsque le téléphone sonna :

— Docteur Zaystrev à l'appareil. À qui ai-je l'honneur ?

— Où en êtes-vous avec les sujets ?

Jonathan reconnut la voix grave et militaire de son contact au comité à l'autre bout du fil. Il se redressa d'un coup.

— Bonjour, monsieur. Je suis ravi de vous entendre. Tout se passe bien. Nous sommes en train d'installer le matériel et les sujets restent sagement dans leur chambre. D'ailleurs, vous ne m'aviez pas prévenu que c'étaient des enfants.

— N'avez-vous donc pas encore lu les dossiers ? Il serait peut-être temps de vous intéresser de plus près à la mission pour laquelle je vous ai envoyé là-bas. Le sujet numéro un est âgé d'une trentaine d'années. Quant au sujet numéro deux, on estime qu'il doit avoir la vingtaine. La dernière fois que je l'ai vu, il avait huit ans, mais le corps d'un adolescent.

Le docteur Jonathan se remémora le regard gris-bleu plein d'arrogance de ce jeune homme, du haut de son mètre soixante-quinze.

— Je comprends mieux, maintenant.

— Ils sont vraiment remarquables. Si j'étais vous, je m'en méfierais. N'oubliez pas que si vous échouez, je ne viendrai pas vous chercher dans ce trou perdu qui est désormais le vôtre. Votre femme et vos enfants se retrouveront sans rien.

— Ne vous en faites pas. D'ici la fin de la semaine, le programme aura commencé.

— J'espère bien. Au revoir.

Jonathan convoqua les employés dans la salle à manger, un peu avant le dîner. Face à lui se trouvaient Bernard et Serguei͏̈, deux hommes à tout faire dont il aurait besoin pour améliorer l'état pittoresque de cet endroit, ainsi que trois assistants dont deux fraîchement diplômés de l'université. Ces derniers étaient surtout là pour aider à l'installation du matériel. Des assistants plus compétents le rejoindraient plus tard. Alexeï se tenait debout près de Mathilda, qui était assise à une table avec les autres femmes, bras et jambes croisés. Vera attendait que Jonathan s'exprime, poing sous le menton et Edna triturait nerveusement son tablier, peu coutumière de ce genre de réunion. Jonathan pouvait lire la méfiance dans les regards d'Alexeï et Mathilda. Lui aussi n'avait pas confiance en eux ; il tâcherait de les congédier dès que possible.

— Tout d'abord, je tenais à vous remercier pour tout ce que vous faites. Nous ne sommes pas nombreux et nous aurons besoin de tous les bras disponibles pour terminer l'installation du matériel et rénover cet endroit le plus rapidement possible. D'ailleurs, Bernard, merci d'avoir réparé toutes les ampoules défectueuses. La pièce a déjà l'air moins lugubre.

L'assistance acquiesça et Mathilda prit la parole :

— Cela irait plus vite si vous laissiez Numéro Un et Numéro Deux nous aider. Ils ont déjà participé à ce genre de tâches.

— Ils ont à peine été capables de garder cet endroit en bon état. Jamais je n'aurai assez confiance en eux pour les autoriser à manipuler ce matériel hors de prix, généreusement financé par notre bon gouvernement. D'ailleurs, si je vous ai réunis ici, c'est justement pour vous mettre en garde contre eux. Ces choses considèrent être ici chez elles, sur leur territoire. Restez sur vos gardes. Au moindre faux pas, elles pourraient mordre.

Alexeï entrouvrit la bouche pour rétorquer, mais le docteur ne lui en laissa pas le temps.

— Je sais ce que vous pensez tous les deux. Que ces choses sont gentilles et bien éduquées. Cependant, elles sont habituées à votre présence. Nous savons tous que ces chimères, à la fois humaine, animale et végétale, n'apprécient pas les étrangers. Elles ne sont pas encore habituées à nous, alors gardons nos distances pour le moment. Mais n'ayez crainte. Je les dompterai bien assez tôt et nous pourrons tous évoluer ici, en sécurité.

Mathilda bouillonnait de rage. Ces paroles n'avaient aucun sens à ses yeux. Alexeï posa une main sur son épaule pour la calmer et elle ravala sa colère.

— Avez-vous des questions ? demanda Jonathan, les bras derrière le dos.

— Que devons-nous faire lorsqu'ils s'approchent de nous ? interrogea Vera en levant la main.

— Les ignorer et partir. C'est la meilleure conduite à adopter. Et surtout, ne leur parlez pas.

— Finirons-nous par entretenir des relations normales avec eux ?

— Cela dépendra de leur comportement. Je vous tiendrai au courant lorsque cela pourra se faire sans danger.

— M'sieur, intervint Bernard. Enfin, docteur. Ça m'rassure pas d'les savoir en liberté à côté du dortoir des femmes. J'me disais, j'ai vu des grilles traîner dans la réserve. On pourrait peut-être sécuriser leur chambre. Comme ça, on s'ra sûrs qu'ils peuvent pas sortir.

— Jamais ! Quelle idée. Je ne vous laisserai pas faire, objecta Mathilda en se levant.

Alexeï l'apaisa à nouveau, puis elle se rassit. Les lèvres du docteur disparurent sous un large sourire et il leva un sourcil intéressé.

— Bernard, je pense que c'est une très bonne idée. Vous devrez encore travailler tard ce soir, je présume. Comme cela, dès demain matin, nous serons en sécurité grâce à vous. Mathilda ira les nourrir au besoin.

— Docteur Zaystrev, ne faites pas ça. Ce n'est pas ainsi que vous gagnerez leur confiance, essaya d'argumenter Alexeï.

— En tant que directeur de ce projet, je dois m'assurer de la sécurité de tous mes employés, pas seulement de certains privilégiés comme vous. Tout le monde ne peut pas être ami avec des monstres. Je compte sur vous pour vous mettre au travail dès que le dîner sera terminé, Bernard. Sur ce, bon appétit. Vera, je prendrai mon dîner dans mon bureau. J'ai encore beaucoup de travail.

— Bien, docteur. Je vous le prépare tout de suite.

Alexeï aurait aimé insister, mais il savait que Jonathan avait le bras long. Il avait réussi à obtenir ce poste et à récupérer un projet dont personne ne voulait plus entendre parler au comité. Mais par-dessus tout, Alexeï pensait à l'avenir qui s'offrirait à lui lorsqu'il en aurait terminé avec ce laboratoire. S'il souhaitait avoir une chance de connaître une belle carrière, il devait laisser ce savant fou agir. Et puis il ne doutait pas une seconde des capacités des sujets.

Alors qu'il était perdu dans ses pensées, les autres employés aidaient Vera à mettre la table. Ils n'étaient pas très nombreux et tous mangeaient ensemble comme une grande famille. Avant de partir, Jonathan s'adressa à Alexeï :

— Vous leur annoncerez.

— Comment ?

— Ils le prendront mieux si ça vient de vous. Nos employés ont peur, ce qui est tout à fait compréhensible. C'est assez particulier, ce qu'ils sont.

« Vous venez de leur mettre la frousse avec vos histoires de bêtes sauvages et maintenant, c'est à moi d'en endosser la responsabilité » pensa Alexeï. Au lieu d'exprimer son opinion à voix haute, il accepta cette demande, désabusé. Il ne supporterait pas l'arrogance de ce docteur bien longtemps.

5.

Deux se réveilla en sursaut en entendant un grand bruit métallique qui provenait du couloir. Ces derniers temps, il avait du mal à dormir paisiblement à cause des nouveaux aménagements du docteur Jonathan. Il pestait contre ce dernier lorsqu'Alexeï toqua à la porte, tout penaud.

— Bonjour, Deux. Un dort encore?
— Non, je ne dors pas, dit-elle en se redressant sur son lit. Comment allez-vous?
— Je vais bien.
— En êtes-vous sûr?
— Oui. Je suis venu vous annoncer quelque chose, enchaîna-t-il rapidement. J'ai essayé de l'en empêcher, mais... ils ont peur. Ce n'est pas leur faute. Ils ne comprennent pas. Le docteur Zaystrev a demandé que vous soyez enfermés dans votre chambre.
— Comment ça?

Alexeï s'écarta, puis un ouvrier à moustache à la carrure imposante s'avança avec une grille à la main.

— Vous allez nous faire prisonniers de notre chambre ?

— Je suis désolé. J'ai essayé de leur expliquer, mais ils n'ont rien voulu savoir. Mathilda a aussi voulu leur faire entendre raison, sans succès, dit-il en haussant les épaules avant de les laisser s'affaisser, en signe de dépit. Je voulais aussi vous prévenir que je ne travaillerai plus ici à compter de la semaine prochaine. Je rentre en ville, auprès de ma famille.

— Je comprends, Alexeï. Ils doivent beaucoup vous manquer.

Un observa son interlocuteur, traquant chaque mouvement, chaque vibration de sa voix. Il avait conscience qu'elle l'analysait et son corps se raidit, trahissant son embarras.

— Oui...

Derrière lui, l'ouvrier s'affairait à installer leur prison, qu'ils espéraient provisoire. Un porta son regard sur Deux, afin qu'il reste tranquille. Elle ne manqua pas de remarquer ses poings qui serraient le matelas sur lequel il était assis.

— Et pourtant... ajouta Un sans finir.

Ils se regardèrent tous et la fin de cette phrase qu'ils avaient si souvent entendue dans la bouche du professeur Daniil résonna dans leur esprit : *« Nous sommes meilleurs que vous »*. Alexeï quitta la pièce. Un compta six cadenas sur la grille. L'ouvrier avait retiré la porte, ne leur laissant aucune intimité.

— Un, quelque chose me dérange.

— Attendons la fin de la semaine.

Un resta pensive. Elle savait qu'Alexeï n'avait pas de famille qui l'attendait en ville. Cela ne faisait qu'amplifier les doutes qu'elle avait sur le docteur Jonathan. Elle refusait de croire que Daniil les ait abandonnés aux mains d'un candidat de dernière minute si mal renseigné. Néanmoins, elle ne voulait pas alarmer Deux. Il était jeune et sanguin. Déjà à cran, il risquait de commettre des actes inconsidérés si elle partageait ses doutes avec lui. La seule mission de son complice était de la protéger, ce qu'il faisait parfois avec trop de zèle.

Deux faisait les cent pas dans la chambre, contrarié par cette situation.

— On ne va pas rester là sans rien faire ! Je n'arrive pas à croire qu'ils nous ont enfermés.

— Deux, ce n'est pas un drame, dit-elle en indiquant la fenêtre avec un sourire en coin.

Il lui rendit son sourire et s'assit calmement sur son lit.

6.

Le professeur Jonathan parcourait les pièces du rez-de-chaussée pour vérifier que son matériel était bien installé. Cela faisait maintenant quatre jours qu'il était arrivé. Toute l'installation était déjà quasiment finie. Il attendait encore des livraisons. Le plus long travail serait la remise en état de cette maison vétuste. Il sortait d'une salle, où un nouveau microscope avait été installé, lorsqu'il entendit de la musique provenant du premier étage. Le personnel n'était pas censé se trouver là-haut pendant la journée. Il grimpa les marches. La voix suave de Frank Sinatra s'échappait du tourne-disque. Il entra, sourcils froncés, prêt à sermonner l'employé flemmard. Il fouilla la bibliothèque et éteignit le tourne-disque. Il n'y avait personne.

Il regarda par la fenêtre et remarqua que le verrou n'était pas fermé. Il se précipita dans la chambre des sujets. Un sortait de la douche attenante à la chambre. Elle avait les cheveux mouillés et portait une robe blanche en coton à taille empire qui la faisait vraiment ressembler à une enfant.

— Où est-il ? cria Jonathan.
— Qui ?
— Le sujet numéro deux.
— Sous la douche.
— Qu'il sorte.
— Vous nous avez déjà pris notre intimité en enlevant la porte, nous avons encore le droit de nous laver à l'abri des regards, répliqua-t-elle en le défiant du regard.
— Veuillez m'excuser, numéro un.
Quelques minutes après le départ de Jonathan, Deux entra par la fenêtre.
— Tu n'as pas pu t'empêcher de jouer au fantôme, lui reprocha Un.
— J'avais juste envie d'écouter un peu de musique.
— Nous ne savons pas encore à qui nous avons à faire. Faisons profil bas.
— Je pourrais tous les tuer. Nous vivrions ici, tranquillement, sans être à la solde de ces humains.
— N'oublie pas la mission de Dan.
Il soupira. Son unique mission à lui était de la protéger, pas de sauver le monde en créant un vaccin miracle. Ses pensées furent rapidement interrompues par l'ouvrier à moustache, qui était de retour avec une grille plus petite que celle de la porte. Il ne semblait pas très rassuré et tourna la tête vers la droite. Ses yeux imploraient la pitié.
— Je ne rentrerai pas là-dedans tout seul. Ne me laissez pas seul avec eux.
— Faites ce qu'on vous demande, Bernard. C'est votre job.
Bernard fit non de la tête.
— Je le ferai, mais seulement si Alexeï vient avec moi.
— Alexeï ! appela Jonathan. Alexeï, venez ici tout de suite !
L'assistant arriva en courant.

— Qu'il y a-t-il ? Un problème avec les sujets ?

— J'ai demandé à Bernard d'ajouter des grilles aux fenêtres, mais il est trop lâche pour y aller tout seul.

— Quoi ? Mais pourquoi ? Ils n'ont rien fait.

— C'est une simple mesure de sécurité, justifia Jonathan en toisant Deux.

— Vous n'amadouerez pas les sujets en agissant ainsi.

— Alexeï, accompagnez Bernard. Une fois qu'il aura terminé, faites vos bagages.

Jonathan partit et ses deux employés entrèrent dans la chambre. L'ouvrier à moustache ne semblait pas plus rassuré. Il posa la grille sur la fenêtre, les empêchant ainsi de l'ouvrir. Alexeï resta au pied de leurs lits, qui se trouvaient de part et d'autre de la fenêtre, et se contenta d'observer son collègue. L'assistant avait les mains derrière le dos. Il portait une blouse blanche, ses cheveux n'étaient pas coiffés et sa barbe hirsute laissait apparaître des poils blancs. Une fois Bernard parti, il s'adressa enfin aux sujets :

— Je suis désolé, les enfants.

— Ce n'est pas votre faute, Alexeï, le consola Un.

— Il est temps pour moi de partir. Je ne peux plus rester. Numéro Deux ? appela-t-il en fixant le jeune homme, retenant ses larmes et serrant les poings. Vous devez la protéger. Vous l'avez sûrement déjà promis à Dan, mais promettez-le-moi aussi.

— Quelque chose vous laisse-t-il croire qu'elle est en danger ?

— Il s'agit de votre mission, Deux. Je tenais juste à vous le rappeler.

— C'est promis.

Numéro Un se leva et serra Alexeï dans ses bras. Elle avait passé près de quinze années à ses côtés et avait appris à connaître cet homme solitaire. Quant à Deux, il lui serra la main et hocha la tête.

Dehors, Bernard préparait la camionnette pour partir à la gare. La valise à la main, Alexeï admira la façade en bois de la dépendance et les petites arabesques sous chaque fenêtre. Il avait passé dix ans ici, après avoir supervisé l'évolution de Numéro Un en ville durant les cinq années qui avaient suivi sa création. Cet endroit lui avait permis de faire des découvertes incroyables, des découvertes que l'humanité n'était, selon lui, pas prête à assumer.

Mathilda, informée par ses collègues du départ imminent d'Alexeï, accourut à sa rencontre pour lui dire au revoir. Elle portait son uniforme d'infirmière, qu'elle ne quittait que rarement.

— Alexeï ! Attendez.

— Du calme, Mathilda, il nous reste encore un peu de temps, dit-il en souriant tristement.

— Il vous a renvoyé ? Où avez-vous souhaité partir plus tôt ?

— Non, je n'ai pas été congédié. Je voulais partir, mais pas si tôt. Pas avant de découvrir quelles étaient ses intentions. Mathilda...

Alexeï vérifia que personne ne les écoutait. Bernard était en train de ranger des caisses vides dans le coffre afin de récupérer de la nourriture au village sur le chemin du retour. Il reprit en chuchotant :

— J'ai surpris Bernard en train d'installer ce qui ressemblait à des caméras de surveillance au sein de la dépendance. Faites attention à ce que vous faites et ce que vous dites.

— Je ferai attention, merci. Je n'arrive pas à croire qu'il ait vraiment enfermé les sujets. Je suis passée devant leur chambre tout à l'heure. C'est terrible. Deux tournait en rond comme un lion en cage.

— Je sais. Je les ai vus installer la grille. Avant que je n'oublie, le docteur a prévu d'injecter le sérum à Numéro Un afin qu'elle grandisse.

— Comment ? Le professeur Daniil était totalement opposé à cette idée.

Alexeï haussa les épaules avant de les laisser retomber lourdement, désespéré. Derrière lui, Bernard claqua le coffre et se tapota les mains.

— Ne restez pas trop longtemps, lui conseilla Alexeï. Pensez aussi à vous et à votre avenir. Rentrez chez vous afin de vous marier et de faire des enfants. Ils s'en sortiront, ils sont forts. Nous, nous devrons immanquablement faire face à la réalité du quotidien. Bon, je dois y aller. Écrivez-moi pour me donner des nouvelles.

Il lui tendit un morceau de papier sur lequel était inscrit une adresse qu'elle cacha dans la poche de son uniforme. Alexeï rangea sa valise à l'arrière de la camionnette et rejoignit Bernard à l'avant. Il fit un signe de tête à Mathilda qui lui répondit d'un geste de la main. Elle se sentit subitement seule ici, dans cette forêt austère qui l'entourait et l'étouffait. Se sentant observée, elle leva la tête vers les fenêtres de l'étage. Numéro Un était là, Numéro Deux se tenait derrière elle comme s'il était son ombre. Son air enfantin et ses grands yeux attendrissaient toujours Mathilda. Pourtant, elle savait qu'elle n'était en rien la petite fille de dix ans qu'elle paraissait être.

7.

Mathilda avait été appelée ce matin par Jonathan. Malgré ses réticences quant à sa manière de faire, elle avait essayé de faire profil bas. Le départ précipité d'Alexeï l'avait un peu secouée, mais elle préférait penser aux sujets. Ils étaient toujours enfermés là-haut dans leur chambre, étrangement calmes, comme avant une tempête.

Elle se présenta au bureau qui avait antérieurement appartenu au professeur Daniil. Celui-ci avait été redécoré et ressemblait maintenant aux bureaux de ces hauts fonctionnaires basés en centre-ville, avec tout le confort de la société moderne. On y trouvait tout ce qu'un directeur ambitieux pouvait espérer avoir à travers sa position. L'installation du matériel apporté par le docteur n'avait demandé que trois jours. Ce qui avait pris le plus de temps, c'était la réparation de la bâtisse. La décoration aussi. Cet homme avait des goûts de luxe. Il avait fait poser de la moquette dans sa chambre et fait installer un poste de télévision. Mathilda ne pouvait nier que cela était agréable ; le chauffage fonctionnait correctement et toutes les lumières s'allumaient. Un four électrique avait même été mis dans la cuisine.

Ce qui la mettait mal à l'aise était l'avertissement d'Alexeï avant qu'il s'en aille sur les caméras de surveillance. À cause de cela, Mathilda n'avait plus osé donner à manger en douce aux sujets ces derniers jours. Elle s'était aussi beaucoup assagie envers Vera et ses autres collègues afin de ne pas attirer l'attention.

Elle entra dans le nouveau bureau et fut frappée par l'odeur d'agrumes qui y régnait. Certainement un excès d'un de ces parfums français très chers.

— Bonjour, Mathilda. Pas la peine de vous asseoir.

— De quoi souhaitiez-vous me parler ?

— Amenez-moi les sujets. Je les ai suffisamment fait attendre. Prévenez aussi Numéro Un qu'une fois notre entretien terminé, elle prendra son sérum pour grandir.

— Avez-vous discuté avec le professeur avant de prendre cette décision ? Il n'était pas très enthousiaste à cette idée.

— J'ai ramené de la morphine, cela devrait bien se passer. Après tout, elle est entraînée à subir les pires tortures, non ?

— Oui, mais c'est très différent.

— Mathilda, je sais que vous avez vu ces sujets grandir. Ils sont suffisamment intelligents pour vous avoir persuadée qu'ils étaient comme nous. Mais ce sont des monstres. Des monstres qui sont à mon service. Afin que nos expérimentations puissent continuer, j'ai besoin que numéro un ait un corps plus développé. Cela dit, je le fais aussi pour son bien. Imaginez votre frustration si vous aviez l'esprit d'une femme de trente ans, mais le physique d'une enfant de dix ans. Rassurez-vous, elle ne souffrira pas longtemps.

— Le professeur avait émis des réserves quant au passage vers l'adolescence...

— Balivernes. Il la considérait comme sa progéniture et ne voulait pas la voir grandir. Comme tout parent.

— Monsieur... La dernière fois que nous lui avons injecté ce sérum, elle s'est retrouvée immobilisée durant un mois. Sans compter qu'en ce moment, Deux est assez à cran. Il pourrait faire des choses inconsidérées.

— Je saurai tenir la bride à cet animal sauvage.

— Vous ne devriez pas les sous-estimer.

— Pour le moment, ils sont sages et obéissants, comme leur a demandé leur père avant de partir. Ils savent quelle est leur place. Nous avons assez discuté. Amenez-les-moi.

— Oui, monsieur, concéda-t-elle

Elle lui tourna le dos, puis revint sur ses pas.

— Pourquoi moi ?

— Parce qu'ils ont confiance en vous et que vous savez comment vous y prendre avec eux. N'est-ce pas ? Les autres sont encore trop méfiants.

***

Cela faisait maintenant huit jours que le nouveau propriétaire était installé. Les grilles qui cloisonnaient la chambre accentuaient l'idée que des monstres vivaient là, auprès des employés. Particulièrement, lorsque deux d'entre elles, Vera et Edna, épiaient parfois leurs mouvements comme on scrute des animaux dans un zoo.

Un et Deux étaient dans leur chambre, inébranlable. Ils devaient s'économiser, car ils étaient nourris au lance-pierre et coincés dans cette pièce. Deux tournait parfois en rond, comme un lion en cage, frustré par cette inactivité imposée. Néanmoins, leur entraînement les ayant préparés à faire face à ce genre de situation, il arrivait à se tenir tranquille. En fin de matinée, Mathilda, accompagnée de Bernard, se présenta à la grille.

— Bonjour. Comment allez-vous ? demanda-t-elle avec un sourire crispé, essayant d'agir normalement.

Elle portait son uniforme blanc et arborait une coupe de cheveux frisés, à la mode. Ils ne répondirent pas à sa question, la jugeant inappropriée étant donnée la situation. Elle reprit :

— Aujourd'hui, Numéro Un, je vais vous administrer votre sérum pour grandir. Vous allez enfin ressembler davantage à une jeune fille qu'à une enfant.

— J'ai hâte, rétorqua Numéro Un, sans aucune conviction. Pourquoi vous a-t-on envoyée, Mathilda ?

— Le docteur Jonathan veut faire une mise au point avec vous avant que nous procédions à l'injection. Il vous attend dans le bureau de Dan, qui est maintenant le sien.

— Allons-y.

Bernard ouvrit la grille et disparut aussitôt. Mathilda les accompagna jusqu'au bureau, mais s'arrêta devant la porte, où elle patienterait.

Jonathan les accueillit avec son sourire hypocrite habituel et leur fit signe de s'installer. Ce dernier constata que l'enfermement forcé, le bruit des travaux et le manque de nourriture, ne leur avaient pas fait perdre leur sang-froid. Arborant toujours la même prestance, ils avaient même revêtu leur bel uniforme, celui qu'ils portaient à son arrivée.

Le bureau de Daniil avait changé. Le vieux bureau en bois avait fait place à un bureau en fer et les caissons, dans lesquels étaient rangés les dossiers, avaient aussi été changés. L'endroit sentait désormais les agrumes et non plus le tabac froid que fumait le professeur Daniil tous les soirs. La photo d'eux enfants avait aussi disparu du mur, remplacée par une peinture de chasse à l'ours. Une page se tournait.

Deux resta debout, près de la porte. Cette position lui donnait une vue d'ensemble sur toute la pièce, lui permettant d'observer ce nouvel environnement. Les bras croisés, dos au mur, il était comme un félin sur son territoire de chasse. Jonathan était perplexe. Déjà assise, Un tourna la tête vers Deux, qui la rejoignit. Elle était tellement petite que ses pieds touchaient à peine le sol sur ces fauteuils modernes. Au fond, elle était vraiment impatiente de prendre ce sérum pour ne plus avoir ce corps d'enfant.

C'est quand elle avait eu dix ans que le professeur Daniil s'était rendu compte que quelque chose n'allait pas. Sa croissance avait considérablement ralenti. Il l'avait alors amenée chez un de ses confrères à Paris afin de trouver une solution. Par la suite, il avait été établi que Numéro Un ne grandissait que d'une année tous les dix ans. Pour des raisons pratiques, le professeur avait jugé bien de conserver cette apparence durant de nombreuses années ; ce corps n'éveillait aucun soupçon pendant les missions d'espionnage. Numéro Un se faufilait allègrement partout.

— Bonjour, dit Jonathan en tendant la main à Deux.

Ce dernier n'était toujours pas décidé à lui rendre la politesse. Le docteur poursuivit comme si de rien n'était :

— Veuillez m'excuser pour cette longue attente, mais notre équipement est enfin installé et prêt à l'emploi. Le professeur Daniil m'a expliqué la mission très ambitieuse qu'il vous a confiée. Autrement dit, votre raison de vivre. Malheureusement, pour des raisons financières, nous n'allons pas pouvoir continuer sur la même lancée. Ce vaccin va coûter cher et nous aurons besoin de moyens. C'est pour cela que vous allez reprendre vos missions en extérieur. Vous allez travailler pour des gens importants qui ont besoin de professionnels pour faire leur sale boulot.

— Leur sale boulot ? interrogea Numéro Deux.
— Exactement. Évincer des ennemis potentiels, obtenir des informations, éventuellement tenir compagnie à nos clients. Vous le faisiez déjà à plus grande échelle, mais cette époque est révolue. Nous sommes indépendants. Désormais, nous travaillerons pour les plus offrants.
— Cela ne va-t-il pas nous attirer des ennuis ? demanda Un.
— Ne vous préoccupez pas de cela. J'ai confiance en vous. À ce qu'on dit, vous excellez dans votre domaine. Cependant, Numéro Un, j'ai découvert quelque chose dans votre dossier qui pourrait nuire au bon déroulement de vos futures missions. Vous ne tuez pas ?
— Seulement si c'est absolument nécessaire.
— C'est moi qui me charge de tuer, expliqua Numéro Deux.
— Je ne me fais aucun souci pour vous, Numéro Deux. Vous n'aurez aucun mal à vous adapter à ce changement. En revanche, Numéro Un...

Le docteur Jonathan humecta ses fines lèvres et se frotta les mains.

— Quelles sont vos intentions ? l'interrompit Deux.
— Comment ?
— Qu'entendez-vous par « tenir compagnie à nos clients » ?
— Vous assisterez nos clients dans leurs combats, répondit-il en passant une nouvelle fois sa langue sur ses lèvres avant d'esquisser un léger sourire coquin.

Un et Deux ne manquèrent pas de le remarquer. Mais Numéro Deux se souvint des avertissements de sa partenaire et ne dit rien.

— Bien, reprit Jonathan. Deux, veuillez vous rendre au laboratoire avec mon assistant afin qu'il puisse effectuer des prélèvements de tissus. Cela nous permettra d'avancer sur la confection du vaccin et d'en apprendre davantage à votre sujet.

— N'avez-vous pas lu les dossiers ? demanda Un. Ils détiennent tous nos secrets de fabrication.

— Évidemment que je les ai lus. Mais les machines que j'ai ramenées sont plus modernes. J'en apprendrai plus.

— Très bien.

— Numéro Un, restez. Nous devons discuter des détails de vos futures missions.

Jonathan fit signe à Deux de sortir.

— Je t'attends devant la porte, annonça Deux.

— Je vous ai demandé de suivre mon assistant.

— Si vous avez lu nos dossiers, vous n'êtes pas sans savoir qu'une fois le sérum injecté, le processus peut être long et surtout douloureux. Je l'accompagne toujours pour prendre son sérum. Je l'attends dehors.

Jonathan resta sans voix face à l'insolence du jeune homme. Deux exerça une légère pression sur l'épaule de Numéro Un. Elle acquiesça. Jonathan était excédé par ces discussions muettes que semblaient échanger les sujets. Il en était exclu et les jugeait dangereuses.

— De quels détails souhaitiez-vous me parler ?

— Comme je le disais tout à l'heure, la santé financière du laboratoire est au plus bas. Puis, il y a vous : deux êtres intelligents, forts, agiles.

— Venez-en au fait.

— Vous allez travailler pour des personnes fortunées et influentes, dans toutes sortes de domaines. Vous déroberez les biens qu'ils souhaitent posséder, tuerez les individus qui les dérangent, leur tiendrez compagnie. Et afin de maximiser les profits, j'aimerais que vous meniez vos missions séparément.

— C'est hors de question. Je n'ai pas été créée pour cela. Et je doute que Deux apprécie de me savoir à l'extérieur sans lui.

— Sujet numéro un, cela fait des jours que j'essuie votre arrogance, à vous et à votre toutou qui vous sert de protecteur. Mais vous n'êtes que des sujets de laboratoire, des cobayes. Vous n'avez d'humain que l'apparence. Sans nous, les chercheurs et les docteurs, vous n'existeriez même pas. Aujourd'hui, je vous offre l'opportunité de continuer à exploiter vos compétences hors du commun et vous me rabâchez que ce n'est pas la cause pour laquelle vous avez été créée. Votre créateur est parti. Maintenant, c'est moi qui décide de la cause pour laquelle vous vous battrez.

Jonathan était rouge. Il essayait de retenir, à grande peine, la colère qu'il avait accumulée depuis son arrivée.

— Où est le docteur Petrov ?

— Comment ? demanda Jonathan, pris au dépourvu.

— Le docteur qui devait venir, à l'origine. Celui que le professeur Daniil a choisi.

— Ma venue a été approuvée par le professeur Daniil. Le docteur Petrov n'a pas pu venir, car ses papiers n'étaient pas en règle. Sans compter qu'il préférait rester auprès de sa famille.

— Et vous ?

— Quoi ?

— Vous n'avez pas de famille ?

— Cela ne vous regarde pas.

Jonathan dissimula son alliance avec sa main, ce que ne manqua pas de remarquer Un.

— Pourquoi avoir accepté de prendre la suite du professeur si ce n'était pas pour continuer son œuvre ?

— Vous êtes de merveilleux sujets d'étude.

— À quel niveau ?

— Comment ça ?
— Quelle est votre spécialité ? Votre diplôme n'est pas accroché au mur.
— La même que Daniil. Mon diplôme est encore à Leningrad.
— Je vois. Nous y réfléchirons.

Elle se leva et lui tourna le dos.

— Attendez, je vous accompagne afin de superviser les opérations, dit-il avant de prendre un air contrit. Je vous prie aussi de m'excuser pour mon accès de colère. J'ai une famille, elle me manque. J'aimerais vraiment développer ce vaccin pour sauver mon fils. Il est très malade, mais les médecins ne savent pas ce qu'il a.
— Je comprends. Ce n'est rien.

« Rien qu'un mensonge » en déduit Numéro Un. Désormais, elle savait pourquoi cet homme la dérangeait tant.

Numéro Deux patientait à l'extérieur du bureau, adossé au mur qui se trouvait en face de la porte. Quant à Mathilda, elle attendait Un près de la porte, les mains rassemblées devant elle. Numéro Un aurait aimé partager les informations qu'elle avait réussi à collecter concernant la venue de ce docteur avec son partenaire. Cependant, Jonathan était sur ses talons.

Une fois à l'infirmerie, Mathilda prépara les poches pour la perfusion qui devait se dérouler lentement et durer environ huit heures. Numéro Un s'assit sur le lit et regarda Deux dans les yeux. Ce dernier avait envie de la serrer dans ses bras en lui chuchotant des paroles d'encouragement. Mais il n'en fit rien, par pudeur. Ils ne se témoignaient de l'affection que dans l'intimité de leur chambre.

Ce sérum pour grandir était autant une épreuve pour Un que pour Deux. La première fois, ils avaient dû enfermer Un à la cave et Deux à l'étage afin que celui-ci ne mette pas un terme au processus. Numéro Un avait passé son temps à gémir et grimacer de douleur. Comme la morphine commandée par le professeur n'avait pas été livrée à temps, elle avait dû traverser cette épreuve à jeun. La convalescence avait duré une semaine, le temps qu'elle s'adapte à ce nouveau corps qui avait brutalement changé, et retrouvé toutes ses sensations. Cependant, le professeur avait été effrayé à l'idée de la propulser vers l'adolescence, du fait des changements radicaux que cela occasionnerait. Il se doutait que le processus serait plus long et douloureux. Il avait aussi craint de voir celle qu'il considérait presque comme son enfant grandir et risquer de partir. Avec son corps d'enfant, elle ne pouvait pas aller bien loin.

8.

Mathilda installa la première poche et piqua Numéro Un dans le pli du coude. Le docteur Jonathan, les bras croisés derrière le dos, observait la scène comme un inspecteur des travaux finis. Il avait revêtu sa blouse et se tenait au pied du lit. Le liquide transparent goûta dans la perfusion et Un prit une profonde inspiration.

— Combien de temps cela va-t-il prendre ? demanda Jonathan à l'infirmière.
— Environ une heure par poche.
— Et vous, qu'allez-vous faire entre temps ?
— La surveiller jusqu'à ce qu'il faille changer les poches.
— Elle me divertit merveilleusement bien, ajouta Un en souriant.
— Il le faut bien. Oh, d'ailleurs, cela fait un moment que vous n'êtes pas sortie à l'extérieur, n'est-ce pas ? J'ai plein de choses à vous raconter. J'ai ramené des magazines aussi.
— Je suis impatiente de les regarder.

— Très bien, les interrompit le docteur. Appelez-moi s'il y a un problème.

Jonathan sortit et Mathilda s'installa sur le fauteuil, près du lit où reposait Un. Elle lui raconta avec entrain les nouveautés du monde moderne et lui montra les dernières tenues à la mode en feuilletant un magazine.

La première poche était la plus facile. Un avait l'impression de sentir chaque cellule de son corps s'exalter comme sous l'influence d'un dopant. Le produit chauffait doucement son sang et la rendait un peu euphorique. Mathilda savait reconnaître les signes et choisit ce moment pour aborder des sujets plus légers.

La deuxième poche provoquait de vagues hallucinations. Un avait l'impression de voir ses membres s'allonger, bien que ce ne soit pas le cas. La douleur rampait alors jusqu'à ses jambes et ses bras. Mais tout cela restait encore supportable.

— Voulez-vous de la morphine ?

— Non, Mathilda. Ça ira.

— Sur une échelle de 1 à 10, comment évaluez-vous votre douleur ?

— Tout va bien.

— De combien de centimètres pensez-vous grandir cette fois ?

— Je dirais une dizaine. Et vous ?

— Voyons grand : une vingtaine. Je suis certaine que Dan a sélectionné des personnes de grande taille quand il vous a créée. Que s'est-il passé durant notre absence ?

— C'était très tranquille.

— Et avec Deux, comment ça va ?

— Nous nous entendons de mieux en mieux.

— Vous formez un très beau couple. Vous êtes tout à fait complémentaires.

— Je... Je ne pense pas que ce soit ça.
— Pourquoi cela ?
— Deux a été conditionné à m'aimer. Ses sentiments sont une illusion.
— Deux n'a jamais été conditionné à vous aimer, seulement à vous protéger.

Numéro Un ferma les yeux et secoua la tête.
— Vous ne me croyez pas ?
— Non.
— Vous allez avoir besoin de lui pour la suite. Je... Je... balbutia Mathilda en repensant aux micros et caméras que Jonathan avait fait installer dans la dépendance. Je ne pense pas que rester ici vous suffira.

Discrètement, l'infirmière essayait d'insuffler des idées de liberté à sa protégée et de lui faire comprendre qu'ils devaient partir. Néanmoins, elle ne savait pas comment s'y prendre sans finir dans un camp, pour trahison. Remarquant le malaise de l'infirmière, Un répondit simplement :
— Je ne sais pas où nous pourrions aller, encore moins ce que nous pourrions faire sans personne pour nous guider. Ce vaccin est toute ma vie. En plus, je crains que la ville éveille des penchants pervers chez Numéro Deux.
— Et vous, Numéro Un ? Que voulez-vous ?
— Je ne sais pas.

« Il reste six heures », pensa Mathilda. « Six heures pour y réfléchir ».
— N'oubliez pas que je peux vous donner de la morphine dès que vous le souhaitez, reprit-elle à voix haute.

La deuxième poche rendait Numéro Un plus émotive, ce qui la poussa à aborder le sujet de sa relation avec Deux. Cela étant, il était impossible d'en discuter avec elle sans qu'elle fasse la sourde oreille ou ne s'emporte.

Mathilda installa la troisième poche, que Numéro Un fixa avec appréhension. Le niveau de douleur allait augmenter considérablement, d'un coup. Elle prit de profondes inspirations.

— Où est Deux ?

— À l'étage, je suppose.

— Est-il en train d'écouter les disques que nous avons ramenés de notre dernière mission aux États-Unis ?

— Je ne sais pas.

— Dites-lui de le faire.

— Je ne peux pas vous quitter.

Numéro Un soupira. Elle allait devoir étouffer ses cris.

— Il paraît que les États-Unis sont un lieu rêvé pour commencer une nouvelle vie.

— Hum. Avez-vous pu vous marier ?

— Non, pas encore. Mais j'ai un sérieux prétendant, dit-elle en rougissant.

Numéro Un laissa échapper un gémissement rauque. Mathilda se leva brusquement, attrapa une boîte blanche dans laquelle se trouvait la morphine et lui tendit deux comprimés. Un les refusa.

— Il reste encore cinq heures, se justifia-t-elle.

— Vous les prendrez à mi-chemin ?

— À la sixième poche.

— Pensez à Deux. Il ressent tout.

— Il ne ressent rien.

— Il ne ressent peut-être pas votre douleur, mais votre détresse, si.

Numéro Un serra les dents.

— Ça ira. Nous irons bien.

9.

Numéro Deux n'avait pas la tête à écouter des morceaux de Billy Holiday ou de Frank Sinatra. Il s'était assis sur le rebord de la fenêtre de la bibliothèque et regardait les premiers flocons tomber entre les gouttes de pluie. Son pied battait nerveusement contre le sol. Il n'avait pas pu rester dans leur chambre ; cela lui rappelait trop son absence.

Numéro Un et Numéro Deux avaient un lien fusionnel, proche de celui qui liait les jumeaux. Cependant, il ne fonctionnait que dans un sens. Deux savait quand quelque chose n'allait pas chez Un. Il ressentait aussi sa joie et toutes ses émotions intenses. Un, au contraire, n'était pas connectée avec lui. Elle ne percevait ni sa souffrance ni son bonheur.

Insensible à la douleur physique, Deux ne sentait actuellement que ce sentiment de peur lié à son appréhension, ce qui le mettait mal à l'aise. Toutefois, elle lui avait fermement interdit d'intervenir. Il savait à quel point elle souhaitait grandir physiquement.

— Vous voilà enfin ! s'exclama le docteur Jonathan.

L'homme venait de l'interrompre dans ses pensées. Deux se contenta de fermer les yeux, agacé par sa présence importune et ne prit pas la peine de se tourner vers lui.

— Que me voulez-vous ?

— Je viens juste aux nouvelles. Souhaitez-vous une cigarette ? proposa-t-il en lui tendant un paquet avec un briquet.

— Non merci.

— Cela ne doit pas être évident pour vous. Ce processus.

Après quelques minutes de silence, le docteur ajouta :

— Vous devez avoir hâte qu'elle ressemble à une femme.

— Pourquoi dites-vous cela ? l'interrogea Deux en se tournant enfin vers son interlocuteur, interpellé par sa remarque.

— Cela rendra les choses plus faciles lors de vos missions, non ?

— Elle ne fera que prendre plus de risques.

— Vous aimeriez qu'elle en prenne moins ?

— Je ne servirais à rien si elle ne courait jamais aucun danger.

— Et si je vous disais que vous pourriez prendre tous les risques ?

— Selon moi, le risque ne se trouve pas à l'extérieur de ces murs, mais plutôt à l'intérieur, rétorqua-t-il en regardant le docteur droit dans les yeux.

Le corps de Jonathan se crispa. Il faisait référence à lui comme à une menace.

— Je m'excuse de vous avoir enfermés, mais sans cela, nos employés n'auraient jamais accepté de travailler ici. Ils ont entendu toutes sortes de légendes à votre sujet.

— Comme quoi ? Tout ce qui nous concerne est ultraconfidentiel.

— Les gens parlent, vous savez. Et quand les détails manquent, ils extrapolent.

Deux n'ajouta rien et se contenta de l'observer. Jonathan sentit son malaise grandir ; les yeux du sujet le transperçaient. Il sortit une cigarette d'un étui argenté et l'alluma.

— Cela ne vous dérange pas si je fume ?

— Vous avez déjà commencé.

— Pardon, dit-il en lâchant la première bouffée.

L'odeur de papier brûlé chatouilla le nez de Deux.

— Que comptez-vous faire pendant le processus ?

— Attendre. Je ne peux rien faire d'autre, de toute façon.

Le visage de Deux s'assombrit et son regard se fixa de nouveau sur les feuilles d'automne qui tombaient mollement sur le sol.

— Vous êtes totalement dépendant d'elle. Ne souhaitez-vous pas qu'il en soit autrement ?

— Non.

— Toujours pas de cigarette ?

Sans réfléchir, Deux attrapa la cigarette et en aspira deux bouffées. À l'étage inférieur, Un entamait les phases plus éprouvantes. Il avait l'impression que ses cris de douleur résonnaient dans sa poitrine, des cris qu'elle devait sûrement retenir étant donné qu'il ne l'entendait pas.

Tout à coup, Mathilda, à bout de souffle, fit irruption dans la bibliothèque.

— Docteur ! Il y a un problème avec la cinquième poche. Elle perd connaissance.

— J'arrive.

Ils quittèrent la pièce à grandes enjambées. Deux se redressa et resta immobile devant la porte. Tirant sur la cigarette nerveusement. Il compta deux minutes, qui lui semblèrent une éternité, avant de les suivre à pas de loup.

Au moment où Mathilda voulut refermer la porte de l'infirmerie, elle en fut empêchée par la main de Deux. Elle sursauta, puis leva la tête, droite.

— Deux, restez à l'écart.

— Non, j'ai assez attendu.

— Monsieur Numéro Deux, vous devez rester en dehors de tout ça. Vous savez que si nous faisons cela, c'est pour son bien. Numéro Deux, je vous en prie.

Deux fixa l'infirmière, la mâchoire serrée, les doigts crispés sur la porte. Finalement, il céda et retourna à l'étage.

— Nous aurions dû l'enfermer dans la chambre jusqu'à ce que le processus soit terminé, dit Jonathan.

— Vous connaissez mon avis sur vos méthodes. Je ne les cautionne pas. J'ai vécu dix ans avec les sujets en totale liberté sans qu'il ne soit jamais rien arrivé à personne. Au contraire, ils étaient toujours présents pour nous aider. Ils sont parfaitement inoffensifs. Sans compter qu'enfermer Numéro Deux pourrait s'avérer très dangereux. Il se laissera peut-être faire, mais dès que vous lui ouvrirez la porte, il pourrait tuer tout le monde. Sans Un, Deux n'est pas aussi docile.

— Pourtant, il vient de vous obéir.

— C'est parce que nous nous connaissons depuis longtemps. On peut même dire que je l'ai élevé. À présent, occupons-nous de Numéro Un.

— Vous pouvez sortir. Je vais m'en occuper seul.

— Mais comment allez-vous faire pour la suite ?

— Faut-il continuer ? Ne pouvons-nous pas procéder en plusieurs fois ?

— Si, mais cela ne fera que retarder l'inévitable. Quand elle était petite, le professeur procédait sur plusieurs semaines. La douleur persistait pendant plusieurs jours, si bien qu'elle ne pouvait parfois plus marcher. Injecter toutes les poches en une seule fois est bien plus rapide et moins douloureux sur le long terme.

— Mais il s'agit d'un passage particulier de la vie : l'adolescence. Elle comprendra, j'en suis sûr. Veuillez sortir, s'il vous plaît.

Jonathan récupéra un métronome, posé à côté du flacon de morphine, dans un tiroir.

— Que comptez-vous faire avec ça ?

— Cela ne vous regarde pas. Je vous appellerai si nécessaire.

Mathilda quitta la pièce à contrecœur, laissant le docteur Jonathan seul avec le sujet Numéro Un.

10.

Numéro Un se réveilla dans le noir. Il faisait si sombre qu'elle avait l'impression d'avoir encore les yeux fermés. Son corps était très endolori. Ses membres, en particulier, la faisaient souffrir. Sa tête était brumeuse et lourde. Sa langue pâteuse. Elle céda pendant un bref instant à la panique, car elle n'arrivait plus à se souvenir des derniers événements, mais son entraînement lui permit de garder la tête froide. Elle ferma de nouveau les yeux et se concentra sur son corps, essayant de repérer des blessures potentielles et d'évaluer leur gravité. Elle le trouva étrange, plus long et plus large. Comme si, son esprit n'était plus dans le bon réceptacle. Face à cette sensation désagréable, elle se contenta de vérifier que ses jambes lui permettraient de courir et ses mains, de se défendre. Ce qui n'était apparemment pas le cas. Elle huma son environnement et tâta le sol sur lequel elle était recroquevillée. C'était de la terre. Cet endroit sentait l'humidité. Au bruit ambiant, elle comprit que rien ne laissait passer l'air. Il devait s'agir d'un sous-sol. Tout à coup, une odeur familière d'agrumes et de tabac embauma l'air.

— Numéro Un, avez-vous mal ?

L'individu lui donna un léger coup de pied qui réveilla une douleur dans son flan. Elle laissa échapper un gémissement malgré elle. L'ombre lui caressa alors la joue et cette dernière sembla s'enflammer à son contact, lui laissant échapper un râle.

— Je peux alléger votre souffrance, mademoiselle.

Une aiguille approcha de sa nuque et elle sentit un liquide froid lui traverser le corps. Elle se détendit immédiatement et se sentit infiniment bien, comme si elle flottait dans l'air.

— Vous voyez, je ne vous mens pas. Je peux alléger votre souffrance, mademoiselle, mais à une seule condition : que vous m'obéissiez.

Sa tête acquiesça sans son consentement et elle laissa cette voix l'envelopper de douceur, tout comme le faisait ce produit.

11.

Après avoir supplié Mathilda en vain, Deux fit irruption dans le bureau de Jonathan afin d'obtenir une permission pour rendre visite à Numéro Un. Lorsqu'il s'était rendu à l'infirmerie, trop aveuglé par son inquiétude, il n'avait pas remarqué la tension qui animait l'infirmière et la tristesse dans son regard. Après avoir longuement hésité, il avait décidé de se rendre directement au bureau du docteur.

— Dites-moi comment elle va. J'ai le droit de la voir.

Deux n'adoptait plus la posture du prédateur en chasse comme il l'avait fait la première fois qu'il était entré dans cette pièce. Il était méconnaissable, tel un drogué en manque. Ses traits étaient tirés par sa nuit blanche, son regard implorait la pitié.

— Ça fait un mois que nous sommes séparés, il faut que je la voie. Je vous en prie, dit-il en baissant la tête, dégoûté par son attitude. J'ai besoin de la voir.

— Je ne suis pas sûr que cela vous fasse du bien.

— Vous ne savez pas... vous ne savez pas ce que ça fait de sentir sa peur et cette... sensation étrange.
— De la douleur, Numéro Deux. Vous n'en avez jamais ressenti ?
— Vous savez très bien que non. Je croyais que vous aviez ramené des médicaments pour la soulager.
— Je ne peux pas trop lui en donner, ça risquerait de la tuer.
— De la tuer ? s'esclaffa Deux.
Il était persuadé que Numéro Un était immortelle.
— Immortelle, mais pas invincible, ajouta Jonathan comme s'il avait lu dans son esprit. Je vais voir ce que je peux faire. Normalement, vous pourrez la voir demain matin.
— Vous avez intérêt à tenir votre promesse.
Deux s'en alla en claquant la porte.

La nuit, son corps était parcouru de sueurs froides et son sommeil était hanté par des cauchemars qui l'empêchaient de dormir. Il avait eu conscience que cette transition serait longue, mais pas à ce point. Jamais il n'aurait cru se retrouver dans un tel état de dépendance. Il était lamentable. Il se haïssait. Il haïssait cette situation, mais il n'arrivait pas à la haïr.

Le lendemain matin, Mathilda se rendit au premier étage et trouva Deux qui se tenait devant la porte que Bernard avait remise, tel un fantôme.
— Numéro Deux, vous allez bien ? Avez-vous dormi ?
— Est-ce qu'elle va bien ? A-t-elle dormi ?
Mathilda baissa la tête tristement, en soupirant.
— Vous avez votre réponse.
— Suivez-moi.

Mathilda accompagna Deux jusqu'au sous-sol, où Numéro Un vivait cachée. La lumière artificielle du couloir donnait à ce lieu un air de bunker. L'infirmière ouvrit une porte lourde et épaisse, puis l'invita à entrer. Deux s'engouffra précipitamment dans la pièce et se rendit à son chevet. Son visage était paisible. La perfusion gouttait lentement. Deux ne remarqua pas les changements physiques. Il ne vit pas qu'elle était plus grande ni que son visage avait légèrement perdu de sa rondeur. Il s'accroupit près du lit et lui prit la main. Elle ouvrit doucement les yeux.

— Deux... Je suis désolée.

Sa voix était comme un murmure.

— C'est ma faute, rétorqua-t-il.

— Non. J'ai tardé à prendre de la morphine. Je pensais que j'y arriverais. Mais c'était trop dur. Je suis désolée de ne pas être plus forte et de te faire souffrir.

— Tu es forte.

Il lui caressa la joue, oubliant la présence de Mathilda et leur pudeur habituelle. Il alla même jusqu'à l'embrasser sur le front et serrer sa main plus fort contre son torse. L'infirmière sourit face à cette scène d'affection et cela la rassura de savoir Deux près d'elle et aussi dévoué.

La voir ainsi apaisée le réconforta. Il resta près d'elle toute la matinée. À l'heure du déjeuner, Mathilda apporta à manger à Numéro Un et retira la poche. Numéro Un se redressa et avala son repas en silence, toujours sous le regard de Deux.

— Tu ne montes pas déjeuner ?
— Non.
— Numéro Deux, il va falloir remonter, intervint l'infirmière.
— Non.
— Deux, s'il te plaît.

— Je préfère rester ici et te voir souffrir que de le ressentir en étant enfermé là-haut.

— Tu sais que tu ne le supporteras pas.

Lorsque la main de Deux se posa sur la sienne, elle la retira. Sa peau redevenait sensible au toucher. Ce simple effleurement la brûla, lui faisant esquisser une grimace de douleur que seul Deux perçut.

— Pourquoi Mathilda ne te donne pas d'antidouleurs ?

— Jonathan a peur que je fasse une surdose.

— Ça n'arrivera pas.

— Les doses sont déjà assez élevées comme ça. Je ne veux pas prendre de risque.

— Tu penses encore à ce vaccin ?

— As-tu coopéré ?

— Coopérer avec Jonathan ? Bien sûr que non.

— Fais-le.

— Je ne veux pas.

— Fais quelque chose. Nous ne savons pas combien de temps le processus va durer. Je ne veux pas te savoir là-haut comme un lion en cage. J'ai encore des doutes sur lui, mais il m'a beaucoup aidée jusqu'à présent.

— J'y réfléchirai.

— Numéro Deux, veuillez-me suivre, s'il vous plaît, demanda Mathilda.

Deux n'obéit pas et resta près de sa partenaire.

— Monsieur Numéro Deux, s'il vous plaît.

— Aurai-je le droit de revenir ?

— Tout dépendra de l'état dans lequel elle se trouvera demain.

Il quitta son chevet à regret et la contempla une dernière fois, avant d'entendre le bruit sourd de la porte qui se refermait.

— Pourquoi la porte est-elle si épaisse ? demanda Numéro Deux à Mathilda.
— Pour le bruit.
— Elle hurle si fort que ça ?
— Je pensais que vous l'entendiez.

Deux n'ajouta rien. En effet, il l'entendait. Certainement mieux que personne. Mais il s'était persuadé qu'il s'agissait d'une extrapolation de son esprit. Qu'elle n'avait pas si mal. Pas plus mal que pendant leurs séances d'entraînement à la torture.

12.

Hiver 1959

L'hiver était bien avancé et le manoir était recouvert d'un manteau blanc. Deux avait réussi à reprendre l'entraînement. À la suite de sa première visite au sous-sol, il avait eu le droit de voir Numéro Un quotidiennement, puis une fois par semaine.
Cela faisait maintenant deux semaines qu'il ne l'avait pas vue. Avec le temps, il était devenu insensible aux échos de la douleur de sa partenaire. Cependant, le regard que portait Mathilda quand elle remontait chaque jour du sous-sol lui faisait comprendre que l'état de Numéro Un empirait. Jonathan la suivait toujours de près, l'air sombre. Ce dernier lui fit signe de venir dans son bureau.
— Comment va-t-elle ?
— Elle ne s'habitue pas à son nouveau corps et commence à délirer, répondit Jonathan avant de soupirer et de joindre ses mains sur son bureau. Il y a de nouveaux médicaments qui pourraient l'aider, mais ils sont onéreux et nous n'avons pas les fonds nécessaires pour nous les procurer. Sans compter que l'entretien de cet endroit pèse aussi sur notre budget. Nos

recherches concernant le vaccin n'avancent pas assez pour nous rapporter de l'argent.

— Je peux récupérer les médicaments.

— Vraiment ? Cela vous obligerait à partir en mission. Seul.

— Comment ça ?

— Lorsque je cherchais des fonds, on m'a laissé entendre que certaines personnes seraient prêtes à payer très cher pour s'offrir vos services en tant que tueur à gages. Cela pourrait considérablement nous aider.

Deux hésita. Il n'avait pas envie de la laisser seule ici, aux mains de cet homme. Mais sa vie en dépendait.

— Pourrai-je la voir avant de partir ?

— Je vais y réfléchir.

— Quand suis-je censé partir en mission ?

— Demain soir.

Deux ne s'interrogea pas sur les raisons de ce départ précipité. Sa seule préoccupation, c'était elle. Plus vite il partirait, plus vite il obtiendrait les médicaments et l'argent nécessaire au rétablissement de Numéro Un.

Le lendemain matin, Jonathan l'accompagna au sous-sol. C'était le moment de la journée où elle semblait la plus calme. Il approcha doucement du lit et se montra plus pudique que d'habitude. Il avait changé d'état d'esprit ; il était plus renfermé, prêt à partir en mission. Elle ouvrit les yeux et tourna la tête vers lui.

— Demetrius... Je suis désolée.

— Chut, tu n'y es pour rien, la rassura-t-il. Qui est Demetrius ?

— C'est toi.

— Je n'ai pas de prénom, Un. Tout comme toi.

— Si, nous en avons un. Celui que maman nous a donné.

Deux fronça les sourcils.

Jonathan posa une main sur son épaule. Deux ne savait plus quoi dire.
— Tu ne te souviens plus ? continua Numéro Un.
— Non.
— Arrives-tu à dormir ?
— Oui, ne t'inquiète pas.
— Ça me rassure, souffla-t-elle avant de se rendormir.
Jonathan le raccompagna dehors.
— Pourquoi a-t-elle dit cela ? Que lui arrive-t-il ?
— Deux, vous devriez rester concentré sur votre mission.
— Donnez-moi une réponse.
— Je pense que la douleur et son changement d'apparence brutal lui ont fait perdre la tête.
— Savez-vous comment y remédier ? Puis-je faire quelque chose ?
— Ramenez-nous l'argent nécessaire à son bon rétablissement. Je serais terriblement peiné de voir tout son potentiel gâché ainsi.
— Une fois le processus terminé, redeviendra-t-elle elle-même ?
— Je ne peux pas vous répondre. Je ne voudrais pas vous donner de faux espoirs.

13.

Mathilda attachait son chignon pour le ranger sous la coiffe de son uniforme. Vera et Edna étaient déjà parties vaquer à leurs occupations. Depuis que Numéro Un avait été placée au sous-sol, Mathilda allait lui rendre visite tous les matins pour lui faire la toilette et la nourrir. Toutes les deux trouvaient cette situation étrange et improbable.

Lorsque Mathilda descendait la voir, la jeune fille était souvent à moitié endormie. Numéro Un n'avait jamais eu de difficulté à se réveiller le matin. Encore moins à effectuer des tâches aussi simples que celles de se laver ou de manger. Son état actuel peinait l'infirmière qui avait hâte que ce traitement prenne fin.

— Comment vous sentez-vous ce matin, mademoiselle ?
— Ça va. Je pense pouvoir reprendre l'entraînement bientôt. Il me tarde de dompter ce corps. Il est temps, cela a assez duré.

Elle se redressa en poussant sur ses coudes, confiante, mais laissa retomber l'arrière de sa tête contre le mur.

— À quel stade en sommes-nous ? Combien de poches avons-nous passées ? Il me semble que nous devrions déjà avoir fini.

— Le docteur Zaystrev en a décidé autrement. Je lui ai bien dit que cela était une mauvaise idée, mais il a insisté.

— Peut-être est-ce mieux ainsi...

Numéro Un pencha la tête vers elle et lui sourit. Elle n'était plus une petite fille de dix ans. Bien qu'elle attendrisse toujours le cœur de Mathilda qui l'avait presque élevée, son visage s'était affiné et l'on pouvait discerner l'ébauche de la femme qu'elle allait devenir. Fière, elle lui rendit son sourire avant de poser le plateau-repas sur ses jambes.

— Allez, il est temps de manger.

— Je vais me débrouiller, Mathilda.

Difficilement, Numéro Un attrapa la cuillère et peina à prendre la première bouchée. Elle ressemblait à un bébé qui tentait de trouver le chemin vers sa bouche. Exaspérée, elle lâcha la cuillère dans l'assiette et regarda Mathilda, agacée.

— Ce n'est pas possible... Ce n'était pas censé se passer comme ça.

— Ça va aller. Vous apprivoiserez ce corps comme vous l'avez toujours fait. Cela va juste prendre un peu plus de temps cette fois-ci.

— Je n'ai plus faim, lança-t-elle en grimaçant, voyant approcher la cuillère que lui tendait Mathilda.

Elle ne supportait pas qu'on lui donne la becquée.

— Cela vous aidera à vous sentir mieux. Allez, faites un petit effort.

— Non !

Elle repoussa la main de Mathilda si violemment que de la nourriture se retrouva au sol, de l'autre côté de la pièce. L'infirmière fut étonnée par la force contenue dans ce mouvement. Non seulement elle avait grandi, mais elle avait aussi gagné en puissance.

— Numéro Un, cela ne vous ressemble pas. Reprenez-vous, voyons.

Un la fixait, froidement. Elle ne supportait pas l'idée de dépendre de quelqu'un. Finalement, à force d'insister, Mathilda obtint gain de cause. L'avantage, quand on avait seulement deux patients, était de pouvoir prendre son temps pour s'en occuper correctement. Une fois qu'elle eut fini de la nourrir et de lui faire sa toilette, l'infirmière remonta à l'étage pour sa réunion matinale avec Jonathan.

Il l'attendait dans son bureau, le nez dans ses piles de dossiers, une tasse de café à la main.

— Bonjour, Mathilda. Comment se porte le sujet, ce matin ? demanda-t-il en levant à peine les yeux.

— Elle se porte bien. Un peu mieux, je dirais. Elle reprend du poil de la bête.

— Parfait. Lui avez-vous administré la sixième poche ?

— Oui, je l'ai fait hier, comme convenu.

— Savez-vous à quoi servent les deux dernières ?

— Selon le professeur, elles permettent à son organisme de se réguler et de retrouver un rythme normal.

— Ce qui signifie que tant qu'elle ne les prend pas, elle grandit ?

— Non, c'est plus compliqué que ça. Ce qui est sûr, c'est que son corps reste en ébullition. Il est temps que ce traitement prenne fin. Les différentes étapes sont violentes. Cela a déjà trop duré. Elle s'impatiente et fatigue.

— Je vois. Vous pouvez commencer à lui administrer la septième poche, mais donnez-lui seulement la moitié. Pour être sûr que tout se passe bien.

— C'est entendu.

— Une fois que ce sera fait, venez me voir et nous conviendrons de la suite.

— Très bien. À tout à l'heure.

Mathilda partit rejoindre Numéro Un au sous-sol, mais une fois en bas, elle se retrouva face à une chambre vide. Elle n'était plus là.

Paniquée, Mathilda commença par fouiller le sous-sol, en vain. En remontant, elle croisa Vera et lui demanda si elle avait vu le sujet Numéro Un. Elle ne porta aucune importance à la terreur qui naquit dans les yeux de celle-ci en apprenant cette disparition. Même si le discours du docteur avait changé et se voulait plus rassurant, les préjugés de ses nouveaux collègues avaient la vie dure. Vera avait plus peur pour sa vie que pour la santé de Numéro Un. Finalement, l'infirmière décida de se rendre dans leur chambre.

Vêtue d'un short et d'un débardeur blanc, Numéro Un attachait ses cheveux en s'examinant dans le miroir en pied. Elle ne s'était pas vue depuis des semaines, alitée au sous-sol. Son haut était long et cachait ses fesses. On distinguait tout juste le short. Mathilda comprit qu'elle avait dû piocher dans la garde-robe de Deux, car ses propres vêtements ne devaient plus lui aller.

— Il n'est pas trop mal, ce corps, dit-elle comme si de rien n'était. Finalement, Dan n'a pas choisi des personnes de si grande taille.

— Numéro Un, vous m'avez fait peur, exhala Mathilda. Le docteur a accepté que je vous administre la septième poche. Du moins la moitié, pour commencer. Allons-y.

— Nous le ferons après mon entraînement. Puis il faudra demander à Edna de me faire de nouveaux vêtements. Et vous allez devoir m'acheter de nouvelles chaussures. Les miennes sont devenues trop petites.

— Nous nous en occuperons lorsque vous aurez fini de grandir.

— Je pense que c'est le cas. Je ne prendrai pas de centimètres supplémentaires. J'en prends rarement à ce stade.

— C'est différent à chaque fois, vous le savez bien. Venez avec moi.

— J'ai besoin de prendre l'air, Mathilda. Je suis enfermée en bas depuis je ne sais combien de temps. Je ne vois plus le soleil et vous savez comme il se fait rare en hiver. Il n'y a même pas d'horloge au sous-sol pour me donner l'heure. À croire que ce docteur veut me rendre folle.

Mathilda baissa la tête. Soutenir le regard accusateur de Numéro Un était trop lourd à porter.

La jeune fille enfila les bottes de Numéro Deux, trop grandes, mais elle n'en avait que faire. Elle était capable de courir pieds nus dans la neige s'il le fallait.

— Habillez-vous plus chaudement.

— Il faut toujours se préparer au pire, Mathilda. Vous savez que le froid de cette saison ne me pose aucun problème. En plus, il est déjà tard. D'habitude, nos entraînements se déroulent beaucoup plus tôt dans la journée, ce qui veut dire qu'il fera plus chaud. Je reviendrai pour le déjeuner. Où est Deux ?

— En mission à l'extérieur.

— Seul ?

Soudain, Jonathan apparut dans l'encadrement de la porte, bras derrière le dos.

— Vous étiez donc là, mademoiselle numéro un. Votre disparition soudaine a effrayé mon personnel.

— Vous avez réussi à envoyer Deux en mission ?

— Oui, pour votre bien. Pour vous ramener de quoi traverser cette épreuve plus sereinement. Vous sentez-vous plus vulnérable sans lui ?

— J'ai effectué des missions en solitaire pendant près de dix ans, alors au risque de vous décevoir, non. Je pars m'entraîner.

— N'est-ce pas un peu prématuré ?

— Pas si je m'en sens capable.

— N'avez-vous pas envie que tout cela se termine, mademoiselle ? Suivez-nous au sous-sol.

— J'ai surtout envie de sortir. Docteur.

Sans demander son reste, Numéro Un s'éclipsa, devant le regard médusé de Jonathan.

— Elle m'a prévenue qu'elle reviendrait pour le déjeuner, ajouta Mathilda.

— Ils apprendront quelle est leur place. Ce sont vraiment des animaux sauvages. Comment ce professeur arrivait-il à s'en sortir avec eux ?

— Il les laissait vivre. Après tout, ils savent mieux que nous ce qui est bon pour eux. Ils sont bien plus à l'écoute de leurs besoins que nous ne pouvons l'être.

— Ils écoutent leurs besoins parce que ce sont des bêtes sauvages. Je présume que vous êtes d'accord pour les laisser faire ?

— Eh bien... le professeur a toujours procédé ainsi et cela s'est toujours bien passé.

Mathilda surveillait son langage. Elle aurait aimé remettre ce docteur prétentieux à sa place. Cependant, comme lui avait rappelé Alexeï, il y aurait un après. Et ce matin, en tenant tête au professeur, Numéro Un lui avait prouvé qu'elle était encore capable de camper sur ses positions. Le docteur repartit de la même manière qu'il était arrivé et Mathilda rejoignit ses collègues au rez-de-chaussée pour voir si elles avaient besoin d'aide.

Lorsque Mathilda ne s'occupait pas des sujets, elle contribuait à l'entretien de la maison. Elle trouva Edna dans la pièce consacrée aux tenues pour les missions. Cette salle était remplie de portants, de vêtements, de postiches et d'accessoires en tous genres et pour toute occasion.

— Que fais-tu ? demanda Mathilda à Edna, qui passait une étoffe dorée sous l'aiguille de la machine.

— Je confectionne une robe de soirée pour le sujet numéro un.

— Pour quoi faire ?

— Le docteur ne t'en a pas parlé ? Elle va bientôt assister à une soirée en ville. Pour une mission, je suppose.

Mathilda n'ajouta rien, mais cela l'étonna. Le docteur savait-il quelque chose qu'elle ignorait concernant le traitement ? Ou bien était-il suffisant au point de croire que ses médicaments fonctionneraient alors que les tentatives de son prédécesseur avaient échoué ?

À l'heure du déjeuner, Numéro Un ne réapparut pas. Inquiète, Mathilda fit le tour de la dépendance et la trouva adossée à un arbre à l'orée de la forêt. Elle se précipita à sa rencontre et la secoua énergiquement.

— Numéro Un ! Réveillez-vous. S'il vous plaît. Je savais bien qu'il ne fallait pas trop forcer.

Elle se laissa tomber, mais se rattrapa et la repoussa.

— Assez... grogna-t-elle.

Mathilda eut l'intime conviction qu'on ne s'adressait pas à elle. Non seulement parce que cela ne ressemblait pas à sa protégée, mais aussi parce que Numéro Un enfonçait ses doigts tremblants dans ses cheveux. Le traitement n'avait jamais produit un tel effet auparavant. Bien que chaque nouveau passage d'étape contienne son lot de surprises, quelque chose lui semblait anormal.

— Numéro Un ? Est-ce que ça va ? C'est moi, Mathilda.

Numéro Un leva les yeux vers elle et se reprit :

— C'est l'heure de déjeuner ? Pardon, j'ai traîné.

— Comment s'est passé l'entraînement ?

— C'était difficile. Rester inactive ne me fait pas du bien. Je vais reprendre plus doucement à partir de demain. Autrement, je ne réussirai jamais à m'accaparer ce nouveau corps, ce qui n'est pas le but.

Mathilda l'aida à se relever. Elle ne portait plus de chaussures et son corps était gelé. Pourtant, elle ne laissait rien transparaître, comme en plein été. Hésitante, l'infirmière lui demanda finalement :

— Que s'est-il passé à l'instant ? Vous m'avez demandé de partir ?

Numéro Un fronça les sourcils et évita le regard de Mathilda.

— Je ne vois pas de quoi vous parlez. Je me reposais juste au pied d'un arbre. Je viens de terminer. Pour la première fois, j'ai testé les limites de ce corps. Je me suis peut-être assoupie et mise à parler dans mon sommeil.

— Nous allons terminer ce traitement et tout ira mieux, dit Mathilda comme pour se rassurer elle-même.

— Bien sûr, Cecilia. Comme toujours.

Surprise, Mathilda marqua un temps d'arrêt. Numéro Un continua d'avancer comme si de rien n'était.

— Dépêchons-nous. J'ai une de ces faims, déclara Un en lui faisant signe de la suivre.

Pendant un instant, en la regardant debout, les pieds dans la neige, affichant un grand sourire insouciant, Mathilda fut ramenée dix ans en arrière. À l'époque, elle venait à peine de découvrir cette jeune fille et s'extasiait devant chacune de ses prouesses. Aujourd'hui, Mathilda avait l'impression qu'une part de Numéro Un s'en allait. Convaincue que cela n'était que passager, elle chassa cette pensée de son esprit et la suivit pour le déjeuner.

14.

Le sujet Numéro Deux faisait sa valise pour rentrer au manoir. Il avait réussi sa mission. Jamais il ne se serait cru capable de mener une mission de bout en bout sans l'intervention de Numéro Un. Pourtant, c'est ce qu'il avait fait. Il avait passé deux mois dans un appartement à Moscou afin de peaufiner les détails du meurtre qu'il allait commettre. Il ne savait rien de l'identité de cette personne, seulement qu'il devait la tuer. Ce qu'il avait fait au détour d'un virage, en pleine campagne. Après avoir tiré deux fois dans le pneu avant et une fois dans le réservoir, la voiture de la cible s'était renversée et avait explosé. À la suite de cela, il était resté une semaine de plus en ville, le temps de récupérer les médicaments.

Ce ne fut qu'une fois dans le train du retour qu'elle recommença à occuper ses pensées. Il avait hâte de rentrer et de s'assurer qu'elle aille bien. Comme pour se rassurer, il s'était persuadé qu'elle allait déjà mieux et qu'à son retour, elle serait comme avant.

Quand ils revenaient de mission, les sujets étaient généralement accueillis par le professeur Dan, accompagné d'un secrétaire chargé de rédiger le rapport et d'une couturière qui récupérait leurs vêtements d'emprunt. Mais à son arrivée, seule Mathilda le reçu, avec un sourire qu'il savait de façade.

Deux sentait qu'elle n'était pas morte. Le professeur Daniil lui avait expliqué maintes fois que leurs vies étaient liées et que, par conséquent, la mort de Numéro Un entraînerait la sienne. Mathilda l'attendait pour lui annoncer une mauvaise nouvelle.

— Bonjour, Numéro Deux, comment s'est passée votre mission ?

— Pourquoi m'accueillez-vous ?

— Je... Je dois vérifier que vous n'êtes pas blessé. Étant donné que Numéro Un n'a pas pu garder un œil sur vous durant cette mission et que vous ne ressentez pas la douleur, je suis inquiète quant à votre état de santé. Suivez-moi.

— Avant cela, puis-je aller me changer et prendre une douche ?

— Non, pas tout de suite, répondit-elle, alarmée.

— Qu'est-ce que vous me cachez ?

— Allons à l'infirmerie.

Il jeta un œil vers le premier étage, mais la suivit jusqu'à l'infirmerie qui se trouvait au rez-de-chaussée. Là, l'infirmière effectua les contrôles d'usage et récupéra ses vêtements. Mathilda palpa énergiquement ses muscles, pour vérifier qu'il n'avait aucune contracture, fracture ou torsion. Du fait de leur densité, elle craignait manquer quelque chose et n'avait pas de scrupule à enfoncer ses doigts dans sa chair. Elle lui signala aussi qu'il n'aurait sûrement pas de rapport à faire, ce dont il fut soulagé. Puis, après quelques minutes d'hésitation, elle ajouta :

— J'ai une bonne et une mauvaise nouvelle à vous annoncer, Numéro Deux.

— Commencez par la mauvaise.

— Eh bien... Numéro Un n'est pas tout à fait redevenue elle-même. Elle est encore un peu faible. Elle essaie de reprendre les entraînements, mais doucement. La bonne nouvelle, c'est qu'elle a merveilleusement bien grandi. C'est une belle jeune femme.

— Comment ça, « elle n'est pas tout à fait redevenue elle-même » ?

— Je préfère vous laisser en juger par vous-même.

— Je peux monter la voir, maintenant ?

— Oui, allez-y.

Deux monta les escaliers lestement, heureux à l'idée de la revoir sur ses jambes. Il avança le long du palier et l'aperçut dans l'encadrement de la porte, observant le paysage par la fenêtre. Elle pivota légèrement en l'entendant franchir le seuil de leur chambre. Numéro Deux se figea et resta béat. Ce visage s'était tourné vers lui avec tant de délicatesse et d'élégance. Sous cet angle, on aurait dit un portrait réalisé par un peintre virtuose. Elle avait grandi d'une dizaine de centimètres et avait désormais une silhouette élancée. Pour son retour, elle avait revêtu une robe rouge en velours. Ses cheveux étaient lâchés et ondulaient paresseusement le long de son dos.

— Bonjour. Comment s'est passée ta première mission en solitaire ?

Deux resta silencieux durant quelques secondes, soulagé d'entendre à nouveau cette voix douce et forte à la fois.

— Très bien. Mieux que je ne l'aurais cru.

— Tu ne t'es pas trop laissé distraire ?
— Je ne pense pas.
— Et tu ne t'es pas blessé ?
— La cible ne savait même pas que j'existais.
— Sais-tu pourquoi tu l'as tué ?
— Non. Cela m'importe peu.
— Cela va à l'encontre de tout ce pour quoi nous avons été créés.
— Je te rappelle que c'est toi qui m'as demandé de me trouver un passe-temps. Je n'ai fait que répondre à ta demande.
— Quand ai-je dit cela ?
— Pendant ta convalescence.
— Je ne m'en souviens pas, dit-elle en détournant le regard, puis elle baissa la tête. En fait, je ne me souviens pas de grand-chose à partir de la cinquième poche.

Deux avança vers elle et la prit dans ses bras. Surprise, elle ne lui rendit pas immédiatement son étreinte, mais enfouit son visage contre son torse. Même s'il ne partageait pas les mêmes valeurs, il la rassurait.

— Mathilda m'a dit que tu essayais de reprendre l'entraînement ?
— J'ai encore du mal à m'habituer à mon nouveau corps et à ses capacités.
— Je vais tout faire pour t'aider à l'appréhender, tout ira bien.
— Vas-tu repartir en mission ?
— Probablement, mais ne t'inquiète pas pour moi. Prends le temps qu'il te faut pour retrouver toutes tes facultés. Je préfère te savoir ici, en sécurité, plutôt qu'à l'extérieur.
— Penses-tu que je sois en sécurité, ici ?

— Ce que je sais, c'est que tu n'es pas en danger de mort. Et puis, ça te donne l'opportunité de travailler sur le vaccin. Les missions ne servent qu'à récolter des fonds pour financer les recherches.

Elle esquissa un rictus et lança :

— La femme au foyer et l'homme au travail.

— Ce n'est pas ce que j'ai voulu dire.

— Je sais, Deux. Je te connais. Ces nouvelles missions te correspondent mieux.

— Les anciennes me correspondaient aussi. Je faisais ce pour quoi j'ai été créé.

Un bruit provenant du couloir les incita à rompre leur étreinte. Lorsqu'ils se tournèrent vers la porte, Jonathan entra sans prendre la peine de frapper.

— Bonjour, sujet numéro deux. Je suis ravi que vous soyez de retour parmi nous. Je n'ai eu que de bons retours concernant votre mission. Félicitations.

— Merci.

— Je suis désolé de devoir écourter vos retrouvailles, mais Numéro Un doit me suivre.

— Pourquoi ? Je pensais que le traitement était terminé.

— Nous avons dû diminuer le rythme après la sixième poche, car cela devenait trop compliqué, expliqua Un. Je le supporte mieux ainsi.

— Effectivement, nous avons décidé de lui injecter une demi-poche toutes les trois semaines. Il ne lui reste que deux séances avant de pouvoir profiter pleinement de son corps d'adolescente.

— Faites-le demain.

— Je comprends que vous souhaitiez profiter de sa présence, numéro deux, mais...

— Je remonterai ce soir, intervint Numéro Un. Ne t'inquiète pas, Deux, cette manière de faire n'est pas plus terrible que l'ancienne.

Un sentiment d'amertume se lut dans le regard de Deux, mais il n'ajouta rien, acceptant sa volonté.

Plus tard, au beau milieu de la nuit, Numéro Un revint enfin dans leur chambre. Deux, qui ne dormait pas, la vit entrer en titubant. Elle s'affala sur son lit comme une masse. Il se leva brusquement pour la rejoindre. Il fut surpris de découvrir ses yeux grands ouverts, habités par la peur. On aurait dit qu'elle venait d'apercevoir un fantôme. Ses traits étaient tirés, ses cheveux décoiffés. Dans la pénombre, son corps avait une silhouette étrange, comme s'il s'agissait d'une poupée de chiffon négligemment balancée à terre. Il ne la reconnaissait pas, ce qui lui fit perdre tous ses moyens.

— Est-ce que ça va ?

Elle remua les lèvres, mais le seul son qui émana de sa bouche fut un sifflement aigu. Elle se tint la tête et se mit à crier. Jonathan et Mathilda débarquèrent dans la pièce, accompagnés d'un employé qu'il n'avait jamais vu. Une seringue à la main, Mathilda approcha rapidement d'elle et la piqua à l'épaule. Après quelques secondes, Numéro Un retrouva son calme.

— Veuillez nous excuser, Numéro Deux, dit Jonathan. Elle n'était pas en état de remonter, mais elle était déterminée à le faire et a fini par échapper à notre vigilance.

— Vous devez mettre un terme au processus.

— Je suis désolée, intervint Mathilda. J'aimerais aussi tout arrêter, mais c'est impossible. Ça risquerait de l'endommager.

Le jeune homme que Deux n'avait jamais vu emporta Numéro Un sur son épaule.

— Je vous interdis de l'emmener !

— Deux... bredouilla Mathilda. C'est mieux ainsi.

— Monsieur Numéro Deux, je vous expliquerai tout demain, intervint Jonathan. D'ici là, tâchez de dormir. J'ai besoin que vous soyez au meilleur de votre forme physique et surtout mentale.

Deux serra les poings, fixant la porte par laquelle on venait d'emmener sa partenaire.

— Bonne nuit, lança le docteur, sachant pertinemment que le sujet ne dormirait pas.

Jonathan quitta la pièce. Mathilda se retrouva alors quelques instants seule, au milieu de la chambre, hésitante.

— Merci, Numéro Deux. À demain, finit-elle par dire avant de suivre son patron.

Deux s'assit au centre de leur chambre, dans la position du lotus. Il savait que Numéro Un était son point faible. Chaque coup qu'on lui portait, chaque torture qu'on lui infligeait avait le don de lui faire perdre toute lucidité. Il prit une grande respiration pour essayer de se détendre, mais ses pensées n'étaient focalisées que sur une chose : la mort de Jonathan et de son équipe. Dès que sa partenaire courait un danger, son objectif était d'éliminer le trouble-fête. Pourtant, cette fois, la situation était différente. Il ne s'agissait ni d'un ennemi, ni d'une cible à abattre, mais d'une sensation que Numéro Un acceptait : la douleur. Celle-ci se trouvait en elle et Deux ne pouvait pas la combattre. En fermant les yeux, il pouvait encore voir le corps de Numéro Un parcouru de spasmes, son visage déformé, ses yeux grands ouverts implorant de l'aide. Trop nerveux, il se releva et fit les cent pas dans la chambre jusqu'au lendemain matin.

15.

Le docteur Jonathan était plutôt fier de lui. Comme il l'avait prévu, Deux gardait son calme malgré la situation, Mathilda s'était assagie et Numéro Un supportait assez bien ce traitement. Elle avait grandi, même s'il avait espéré qu'elle le fasse davantage. Son corps était loin de ressembler à celui d'une femme de son âge. Toutefois, il l'appréciait. Il appréciait cet exotisme dû au mélange génétique et son regard profond dans lequel se perdrait n'importe quelle âme. Il ne pouvait s'empêcher de se demander à quel point elle était semblable à un être humain.

Aux alentours de 9 h, alors qu'il consultait le rapport de l'employé chargé de surveiller le sujet Numéro Un, Numéro Deux fit irruption dans son bureau. Il semblait encore ne pas avoir fermé l'œil de la nuit. De combien d'heures de sommeil ces spécimens avaient-ils besoin pour être performants ? Il n'avait pas souvenir d'avoir lu cette information et se promit de vérifier une fois que Numéro Deux serait parti.

— Bonjour, Deux, avez-vous bien dormi ?

Comme toujours depuis son arrivée, Deux ne lui témoigna aucune sympathie. Pour autant, cela ne fit toujours pas disparaître le sourire du visage de Jonathan.

— Que s'est-il passé hier soir ?

— La bonne nouvelle, c'est que nous approchons de la fin du traitement. La mauvaise, c'est que la douleur et le changement physique la rendent folle.

— Je croyais avoir ramené des médicaments pour y remédier.

— Numéro Deux, savez-vous pourquoi un bébé pleure autant ?

— Je n'en ai rien à faire. Ce que je veux savoir, c'est comment l'empêcher de souffrir.

— Un bébé pleure parce que grandir est douloureux. Si les bébés pouvaient parler, ils nous diraient combien c'est atroce de sentir ses dents pousser. Numéro Un doit traverser les années difficiles de l'adolescence en seulement quelques mois. Je ne sais pas à quel point son ADN est semblable à celui d'une humaine, mais nous connaissons beaucoup de bouleversements à cet âge.

— J'en ai assez entendu. Dites-moi comment faire pour qu'elle ne souffre plus.

Soudain, Numéro Deux eut l'impression de recevoir une décharge électrique. Il plissa les yeux et faillit défaillir. Il s'assit, sans quitter Jonathan du regard.

— Je vois que vous n'êtes pas au mieux de votre forme, remarqua Jonathan. Au fond, ce que vous voulez vraiment, c'est ne plus vous sentir faible, je me trompe ? Je peux vous aider.

— C'est elle que vous devez aider !

— Vous allez repartir en mission. Le meurtre n'est prévu que dans trois mois, mais je vous autorise à partir dès maintenant. Rendez-vous à Moscou et glissez-vous dans la peau du personnage. Cela vous rendra plus crédible et vous permettra de respirer un peu.

— Je refuse de l'abandonner alors qu'elle est dans cet état.

— Elle va bien. Elle dort. Je l'ai mise sous morphine. Tout ira bien.

— Je ressens tout autre chose.

— Personnellement, je pense que vous ressentez surtout un grand manque de confiance à mon égard. Mais je le comprends, je serais déçu du contraire. Votre entraînement vous a conditionné à vous méfier de tout le monde. Laissez-moi vous montrer ma bonne foi, dit-il avant de se lever et d'inviter Deux à le suivre.

Le docteur le conduisit au sous-sol, où se trouvait Numéro Un. Mathilda était à son chevet. Un semblait dormir paisiblement. Pourtant, Deux ne se sentait toujours pas mieux. Le corps de sa partenaire dégageait une sensation de pure détente, ses yeux étaient calmes, son souffle aussi. La couverture en laine, bien enveloppée autour de son corps, ne dissimulait rien de son état.

— Je me fais du souci pour vous, Numéro Deux. Passer votre temps à vous inquiéter pour elle ne fait que nuire à vos performances. Ce n'est certainement pas ce qu'elle voudrait. Vous avez été créé pour la protéger. Vous devez vous montrer fort. Partez à Moscou, menez votre mission à bien. L'argent que vous rapporterez nous permettra de continuer nos recherches.

Deux serra les poings. Il n'en revenait pas. La différence entre ce qu'il ressentait et la réalité que le docteur lui présentait était incompréhensible. Il se demanda si tous ces changements ne lui faisaient pas perdre la tête à lui aussi. Il aurait aimé en discuter avec elle. Pourquoi Numéro Un avait-

elle accepté de grandir malgré les risques ? Pourquoi le professeur Daniil n'avait-il pas trouvé une autre solution ?
— Quand pourrai-je partir ?
— Dans une dizaine de jours.

16.

Printemps 1959

Le printemps pointait le bout de son nez et la neige fondait doucement autour du manoir. Numéro Deux portait un manteau, sous lequel il avait revêtu un chemisier blanc col Mao avec une veste, ainsi que des chaussures de ville. Une valise à la main, il était prêt à aller prendre le train. Avant de partir, il souhaitait voir Numéro Un pour lui dire au revoir. Ce matin, elle avait quitté le sous-sol pour aller se promener dans les bois. Il n'aurait aucun mal à la repérer ; il lui suffisait de se laisser guider par son instinct.

Derrière le manoir s'étendait une forêt au centre de laquelle se trouvait un étang. Les sujets aimaient pique-niquer à cet endroit. Ils y avaient connu quelques heureux moments de liberté. Enfants, durant la période estivale, ils s'y étaient baignés et avaient déjeuné sur les rives. Une fois, ils avaient même construit un radeau pour faire le tour de l'étang, prétendant explorer des contrées éloignées. En y repensant, Numéro Deux se rendit compte qu'elle avait beaucoup fait pour lui. Loin des préoccupations liées à leur condition, elle lui avait permis de s'évader, d'oublier pendant quelques heures que son rôle était de la protéger.

En ce début de printemps, ce n'était pas un radeau fait de bric et de broc qui flottait à la surface de l'étang, mais le corps de la jeune fille en fleur que devenait Numéro Un. Ses cheveux se mouvant autour de son visage, elle ne semblait faire qu'un avec la nature. Elle n'était vêtue que de son pyjama blanc et sentait ses membres s'engourdir à cause de la fraîcheur de l'eau. Les clapotis venaient lui lécher les oreilles, atténuant le bruit sourd de ses os qui grandissaient. Ce son désagréable lui faisait penser à celui d'une mer gelée traversée par un brise-glace. Elle ne percevait plus non plus le bruit élastique de ses muscles s'étirant sous sa peau. Elle se laissa envahir par l'écho du fond de l'eau jusqu'à se retrouver parfaitement en phase avec son environnement.

Malgré cela, elle entendit les pas de Numéro Deux, qui approchait. Cela lui rappela la discussion qu'elle avait eue ce matin avec Mathilda. Aujourd'hui, Deux partait pour une nouvelle mission, sans elle. Il allait commettre un meurtre, encore. Elle se redressa dans l'eau et nagea jusqu'à la rive. Elle ignora le regard inquiet de Deux et attrapa le manteau de fourrure et la chapka qu'elle avait subtilisés dans la garde-robe réservée aux missions.

— Que faisais-tu au milieu de l'étang ? L'eau est gelée.

— Je m'entraînais. Désolée, je n'ai pas vu le temps passer. Tu t'en vas ?

— Oui. Je pars en mission.

— Sais-tu ce que tu vas devoir faire ?

— Je dois juste éliminer un pauvre chef de pègre. Aucune raison de t'inquiéter. Maintenant, dis-moi pourquoi tu étais au milieu de l'étang.

— Je te l'ai dit, je m'entraînais.

— Toute seule ?

— Je n'ai pas besoin de toi pour ça, répliqua-t-elle en le défiant du regard.

Elle lui tourna le dos pour s'en aller, mais il la retint par le bras.

— Ne me cache pas la vérité.

— C'est le seul moyen que j'ai trouvé pour calmer la douleur et le bruit.

— Quel bruit ?

— Celui de mon corps qui grandit. Mais tu ne peux pas comprendre. Tu ne sais pas ce que ça fait. Jamais tu ne le ressentiras.

— Je suis désolé, dit-il en baissant la tête.

Et il l'était sincèrement.

Les lèvres de Numéro Un commençaient à pâlir à cause du froid, mais elle ne s'en inquiéta pas outre mesure. Cet engourdissement était la sensation la plus agréable qu'elle ait ressentie ces derniers jours.

— Une voiture m'attend, mais je voulais te dire au revoir avant de partir.

Deux ne manqua pas l'agacement dans le regard de sa partenaire, ce qui le mit mal à l'aise. Il était totalement désarçonné par la nouvelle façon d'agir de Numéro Un. Il ne reconnaissait plus celle qu'il devait protéger. De fait, il ne savait plus quel comportement adopter. Le klaxon d'une voiture le sortit de ses pensées ; il jeta un œil vers la dépendance.

— Qu'attends-tu ? Tu vas être en retard.

Pieds nus, Un s'engouffra rapidement dans la forêt pour regagner le manoir. Deux ne tarda pas à la rattraper et la souleva dans ses bras.

— Je te ramène.

Elle laissa sa tête retomber contre son épaule et lui murmura à l'oreille :

— Je n'ai pas besoin de toi. Tu peux faire tout ce qu'il te plaît. Profites-en.

— Je fais déjà ce dont j'ai envie.

— Réfléchis-y plus sérieusement.

Il la déposa sur le perron du manoir, où l'attendaient Sergueï, son chauffeur et Jonathan. Ses pieds nus se posèrent délicatement sur le sol en pierre, aussi légers que des plumes virevoltant dans le vent tiède du printemps. Le lierre qui recouvrait la façade commençait à bourgeonner. Numéro Un salua le chauffeur et le docteur, puis entra par l'une des doubles portes en bois.

— Monsieur Numéro Deux, nous vous attendions, lança Jonathan. Je voulais vous dire à quel point je crois en vous et en vos capacités.

— Merci.

— Tenez, dit-il en lui remettant un collier avec un matricule sur lequel était gravé le chiffre deux.

— Vous me prenez pour un chien ? Sans compter que ce n'est pas très discret.

— Au contraire, c'est très à la mode. Je vous en prie, mettez-le, monsieur Numéro Deux.

— C'est un émetteur, n'est-ce pas ?

— Nous voulons être certains de toujours pouvoir vous retrouver.

Deux savait que la précision de cet émetteur devait être assez relative. Il pourrait s'en séparer sans peine si cela le gênait vraiment. Il le cacha sous sa chemise et regarda une dernière fois la porte d'entrée par laquelle Numéro Un avait disparu.

— C'est une femme, reprit le docteur. De manière générale, les femmes tolèrent moins bien la douleur que les hommes. Je vous avais prévenu qu'elle était instable. Peu importe ce qu'elle ait pu vous dire, c'est l'expression de sa détresse. Cela s'appelle l'hystérie.

Deux ne lui prêta pas plus d'attention que cela. Il se contenta de lui tourner le dos en lui lançant un au revoir.

Ainsi vêtu, le sujet Numéro Deux semblait presqu'humain aux yeux de Sergueï, l'homme à tout faire. Ce dernier avait fini par s'habituer aux sujets qui s'étaient montrés calmes au cours des mois précédents. Jonathan les avait aussi beaucoup rassurés en leur affirmant qu'ils étaient sous contrôle.

Numéro Deux comprit qu'il avait réussi à se glisser dans la peau de son nouveau personnage en laissant derrière lui un Sergueï souriant. Les deux hommes avaient passé le trajet à fredonner quelques chansons de Claudia Shulzhenko et partager des histoires de famille. Ce fut l'esprit tranquille, toujours concentré sur sa cible, qu'il entra dans son studio situé en centre-ville.

17.

Le parquet grinçait sous les pas rapides et mal assurés de Numéro Un. La nuit avait embrassé la dépendance, l'obligeant à se fier à sa connaissance des lieux pour se faufiler à travers les couloirs sans heurt. Enfin, elle atteignit le bureau de Jonathan, qui baignait dans la lumière de la lune.

Elle se jeta sur le combiné du téléphone à cadran noir posé dans un coin supérieur du bureau et composa un numéro. Rien. Elle réessaya. Cette fois-ci, quelqu'un décrocha.

— Professeur Daniil, que puis-je faire pour vous à cette heure avancée de la nuit ?

— Professeur, c'est moi. Un.

Il resta un moment silencieux, comme abasourdi, puis demanda :

— Pourquoi m'appelles-tu ?

— Je voulais vous parler de votre remplaçant. Il ne s'agit pas de Petrov, mais d'un certain Jonathan Zaystrev.

— Comment ?

Le professeur garda le silence, puis il déglutit. À l'autre bout du fil, en Angleterre, il se laissa tomber sur le fauteuil club en cuir qui était installé près du combiné dans son petit appartement deux pièces. Il regarda tout autour de lui.

— Vous ne le saviez pas ?

— Bien sûr que si, mentit-il. Il y a simplement eu un souci de dernière minute.

— Les raisons pour lesquelles il veut développer ce vaccin n'ont rien à voir avec les nôtres. J'ai décidé de venir vous rejoindre.

— As-tu pensé à Deux ?

— Il est parti accomplir une mission en ville. Je lui ai fait comprendre qu'il devait y rester.

— Un... murmura-t-il dans un soupir. Ce n'est pas possible. Je suis trop vieux et malade pour m'occuper de toi.

— C'est moi qui m'occuperai de vous. Je peux prendre mon indépendance, m'intégrer au monde. J'ai grandi.

— Tu as grandi ?

— Oui. Le docteur Zaystrev m'a donné le sérum.

Le professeur prit soin de ne pas laisser transparaître son effroi. Au vu des risques, il n'avait jamais envisagé de lui injecter à nouveau ce sérum. À la suite de la dernière cure, il s'était promis de permettre à Numéro Un de grandir à son rythme, même si cela devait prendre des décennies. Mieux valait cela que de la perdre. Il n'imaginait même pas les souffrances qu'elle avait dû endurer ; les antidouleurs n'avaient aucun effet sur elle. Il comprenait mieux pourquoi son successeur avait dû faire éloigner Deux en l'envoyant seul en mission. Ce docteur avait sûrement utilisé un prétexte pour le convaincre de partir.

— Je m'en vais ce soir.

— Ne fais pas ça, répliqua le professeur. Vous êtes des chefs-d'œuvre de la science. Vous avez dépassé toutes mes espérances. Les chercheurs doivent continuer à vous étudier. Vous ne pouvez pas vous permettre de disparaître dans la nature comme si vous étiez de vulgaires êtres humains. Vous êtes bien plus précieux.

— Je ne deviendrai pas un assassin ou une pute sous les ordres de cet homme.

— Jamais il ne ferait ça. Tu as dû mal comprendre.

— Ce nouveau directeur n'étudie pas la génétique comme vous le faisiez. Il est venu pour autre chose. Ses ambitions ne sont pas les nôtres. Je refuse de coopérer avec cet homme. Je n'ai pas été créée pour ça.

— Réfléchis un peu, que ferais-tu après avoir pris ta liberté ? l'interrogea le professeur. Tu ferais à peine une bonne épouse ! Les femmes n'ont aucun droit dans ce monde. Les gens de science sont réduits à l'état d'asservissement pour créer des bombes et des armes de destructions massives. Les intentions de ce docteur ne peuvent pas être pires.

— Qui est Jonathan et quelle est sa spécialité ?

— La psychiatrie.

Un resta silencieuse. Cela lui rappelait de mauvais souvenirs.

À l'autre bout du fil, des gouttes de sueur perlaient sur le front du professeur qui regardait frénétiquement par la fenêtre. En avait-il déjà trop dit ?

— Ne sommes-nous vraiment que des cobayes pour vous ?

— Un peu de changement ne fera pas de mal. Et puis tu t'es trop attachée à moi. Cela te rend faible.

— Je croyais que j'étais la fille que vous n'aviez jamais eue.

— Je n'ai pas d'enfants.

— Vous allez donc nous abandonner ici ? Êtes-vous vraiment si lâche ?

Le professeur déglutit. À en croire son ton de voix, la colère était en train de gagner Numéro Un. Les milliers de kilomètres qui les séparaient le réconfortaient un peu. Mais qu'allait-elle tenter de faire seule, dans son état ? Il refusait de croire que le processus était déjà fini. Son corps et son esprit devaient être en ébullition à cause du sérum.

— Retourne dormir dans ta chambre. Écoute ce nouveau directeur. N'essaie pas de me rejoindre. De toute manière, l'adresse est fausse. C'est pour ton bien. Je te le jure.

— Je ne veux pas devenir cette personne. Je ne serai pas sa chose.

— Deux est-il celui qui t'a fait croire que le directeur te prostituerait ? Jonathan est assez intelligent pour ne pas faire une telle chose. Il ne le fera pas. N'écoute pas Deux. Il s'inquiète trop.

Le professeur essayait de se rassurer lui-même. Loin de tout contrôle, il craignait les lubies de ce nouveau propriétaire opportuniste.

— Ce n'est même pas un vrai scientifique.
— Il est différent des autres psychiatres.
— Non, il ne l'est pas. Il veut faire de nous des marionnettes.
— Et que crois-tu être pour moi, Un ? J'avais un rêve, une utopie. Tu étais mon bras armé pour le réaliser, mais la réalité m'a prouvé que ce n'était pas possible. Je suis un vieux fou. Lui, il peut te rendre vraiment utile. Pour la science. De plus, votre fuite ne passera pas inaperçue. Tu es en sécurité là-bas.

Numéro Un marqua un temps d'arrêt. Le professeur Daniil, assis sur son fauteuil, fixait la pendule au-dessus de la cheminée. Cela faisait déjà trop longtemps qu'ils étaient en ligne. Il espérait avoir dissuadé Numéro Un de partir à travers ces dernières paroles.

— Professeur, reprit Numéro Un, d'une voix plate. Vous vous souvenez lorsque je faisais du patin à glace sur l'étang ? Comme j'aimais faire des huit sur la glace. Je n'ai pas pu en faire cette année, parce que j'étais trop occupée à grandir.

— Des huit...

« *Ce n'est pas un huit que tu fais, mais le signe de l'infini, comme ta vie.* » Voilà ce qu'aurait aimé lui répondre le professeur. Au lieu de ça, il lui dit :

— La glace tient-elle encore à cette saison ? Je sais que l'hiver peut être un peu long dans votre contrée.

— Non, tout a fondu. Le printemps est bien installé. L'hiver est terminé.

Ils restèrent un moment silencieux. Cette phrase était un code qu'ils avaient inventé pour confirmer s'ils étaient sur écoute ou non. Dan l'était. En tout cas, il le pensait. Les trémolos dans sa voix, le tremblement de ses mains sur le combiné ; tout trahissait l'inquiétude.

Un s'assit sur le sol. Ses jambes recommençaient à lui faire mal. Ses forces la quittaient déjà. Se faufiler jusqu'ici lui avait demandé beaucoup plus d'énergie que prévu. C'était sûrement dû à la fatigue, à la douleur aussi. Elle avait envie de pleurer.

Comment des êtres aussi extraordinaires qu'eux, pouvaient-ils être relégués au rang de rat de laboratoire ? Le fait que le professeur Daniil ne tente rien pour leur venir en aide signifiait certainement que la menace qui planait sur lui était plus effrayante que la mort.

— Oublie-moi, Un. C'est mieux comme ça.

— N'y a-t-il rien que je puisse faire ?

— Non. Pas cette fois. Je suis désolé. Deux prendra soin de toi. Surtout, reste près de lui. Adieu.

Il raccrocha doucement et enfouit son visage dans ses mains. Cet endroit n'était plus sûr. Il devait partir. Quitter le continent européen. Sa décision était prise : dès demain, il achèterait un billet pour les États-Unis à bord du premier vol disponible.

Cette nuit-là, le professeur ne trouva pas le sommeil. Il prépara sa valise et rumina toute la nuit, réfléchissant aux possibilités qui lui permettraient de s'en sortir tout en venant en aide à ses sujets. Ses créations.

Il lui avait menti. Un terrible mensonge pour lequel il s'en voulait déjà. Il les avait toujours considérés comme ses progénitures. Cette frontière était difficile à ne pas franchir. Il les avait vu grandir, les avait élevés autant qu'étudiés. Comme une mère trop préoccupée par ses enfants, il les avait toujours eus à l'œil. Chaque jour, il était soulagé de les savoir encore en vie. Pas seulement parce qu'il doutait de leur viabilité — tout cela était trop beau pour être vrai —, mais aussi parce qu'il s'était attaché. Cependant, aujourd'hui, la menace du comité était trop grande pour prendre encore des risques.

Le professeur Daniil avait créé Numéro Un sous la houlette du comité de la sécurité de l'État. Il avait eu cette idée en suivant des conférences sur l'eugénisme, ce mouvement à la mode ayant pour vocation d'améliorer l'espèce humaine. Contrairement à ses pairs, qui pensaient qu'il fallait accoupler des personnes semblables comme on le faisait avec du bétail, Dan voyait plus grand. Il avait conscience de ce que le monde avait à lui offrir et ne s'était donné aucune limite, allant piocher dans le code génétique de toute espèce vivante. Après plusieurs échecs, il avait enfin réussi à mener une grossesse à terme. Pourtant, le plus dur restait à venir. Il fallait que l'enfant soit suffisamment viable pour survivre et démontrer des capacités intéressantes. Dès les premiers instants, il avait senti que Numéro Un serait spéciale. Puis, lors de son sixième anniversaire, inquiet des ambitions du comité, il avait fui avec elle et quelques employés de confiance dans ce manoir que sa famille lui avait légué.

Malheureusement, trop apeuré par le spectre du gouvernement, l'un de ses assistants l'avait dénoncé. Le comité avait souhaité reprendre le projet et asservir ses sujets comme on le ferait avec des chiens. Le professeur Daniil avait alors trouvé un compromis pour les garder sous sa surveillance tout en réalisant les plans du parti. Loin d'être impressionné et galvanisé par l'intelligence de sa création, il leur avait joué un dernier tour. Il avait simulé le déclin de ses sujets et prouvé par quelques jargons scientifiques qu'ils étaient en train de mourir. Ainsi, bien qu'il perdît tout financement gouvernemental, ils étaient enfin libres à nouveau. Confiant, Dan avait fini par croire que le gouvernement les avait oubliés. Cela ne semblait pas être le cas. Quelqu'un avait dû une nouvelle fois les trahir.

Au fil de la nuit, alors qu'il ne trouvait pas le sommeil, il se persuada qu'il pourrait berner le comité une troisième fois. Du haut de ses soixante-dix ans, malgré ses rhumatismes et son cancer, il n'arrivait pas à se résoudre à l'idée d'abandonner ses œuvres. Ses enfants.

Le lendemain, Dan appela la compagnie aérienne, mais aucun vol n'était prévu avant deux jours. Trop anxieux que le comité envoie des personnes pour le chercher, il décida de quitter son appartement pour un hôtel près de l'aéroport.

Dans une cabine téléphonique située au milieu d'un parc, il parvint à entrer en contact avec Alexeï. Au début, son ancien assistant ne voulait pas lui parler, trop craintif. Finalement, il se laissa convaincre et lui raconta ce qui s'était passé au manoir.

— Connaissez-vous ce docteur arrogant ? demanda Alexeï après avoir terminé son récit.

— Oui. Il voulait mon poste de directeur et que ses travaux soient reconnus. Il disait que ses méthodes permettraient de créer des soldats dévoués, dociles et plus performants. Mais je ne le pensais pas aussi déterminé. À vous écouter, on dirait que si nous en sommes là aujourd'hui, c'est à cause de lui. Comment se portent Numéro Un ? Et Deux ?

— Ils sont méfiants.

— L'avez-vous vu grandir ?

— Non, je ne pensais pas qu'il obtiendrait les sérums si vite.

— Il a dû les récupérer auprès de Petrov. D'ailleurs, savez-vous où il se trouve ?

— Dans un camp en Sibérie, très certainement.

Dan soupira et frotta nerveusement sa barbe blanche en regardant autour de lui. Un enfant courait librement sous l'œil distrait de sa mère qui lisait un livre, assise sur un banc.

— Je pense que je peux les aider à s'échapper. Encore. Ce serait la dernière fois.

— Professeur, non. Arrêtez de vous jouer de ce gouvernement. Vous savez ce qui les attend si vous faites ça. Cette fois, Numéro Un et Numéro Deux sont assez sagaces pour trouver une solution par eux-mêmes. Ils n'ont pas besoin de nous.

— Il lui a donné le sérum, Alexeï. Que se passera-t-il si elle ne s'en remet pas ? C'est elle le cerveau dans l'équipe.

— Ne sous-estimez pas Deux. Un m'a dit qu'il s'améliorait. Il peut le faire. Je suis sûr qu'ils s'en sortiront très bien. Quoi que vous fassiez, éloignez-vous du continent et de ce projet.

Ne retournez surtout pas là-bas, ou bien vous vous ferez arrêter. Vous le savez.

Face à lui, dans le parc, la mère pressée consulta sa montre et appela son enfant. Il se jeta dans ses bras et elle lui fit un câlin.

— Je ne lui ai jamais dit que je l'aimais, murmura Dan, sa main pendant dans le vide.

Autour de lui, la nuit se levait, le ciel prenait des teintes orangées. Les badauds commençaient à quitter le parc.

— Elle le sait, j'en suis sûr.

— Je lui ai dit de ne jamais quitter le manoir, pour la science. Et si elle m'écoutait...

— Ayez confiance, le rassura Alexeï. Pour le moment, rentrez chez vous et faites profil bas. Rappelez-moi une fois que vous serez arrivé. Je vais essayer d'avoir de leurs nouvelles à travers Mathilda. Elle a promis de m'écrire.

— Oui, il se fait tard. Merci, Alexeï. Vous m'avez toujours suivi dans ce projet fou et malgré les risques, vous ne m'avez jamais trahi.

— Honnêtement, je préférerais que mon nom ne soit plus associé au vôtre. Cependant, nous avons vécu beaucoup de choses ensemble. Je ne pouvais pas vous ignorer, même si je le voulais. Vraiment. Aujourd'hui, j'aimerais juste trouver un travail tranquille et faire ma vie.

— Je comprends. Pardon. Au revoir.

Dan raccrocha et resta un moment, les bras ballants, à regarder la petite famille s'éloigner. La mère tenait son enfant par la main. Il avait encore besoin d'elle. Ses enfants à lui étaient grands maintenant. Suffisamment grands pour se débrouiller seuls. À contrecœur, il renonça à l'idée d'aller les chercher. Définitivement.

***

À la dépendance, Numéro Un resta quelques minutes près du combiné, à écouter la tonalité. Il l'avait comme vendue par lâcheté. Néanmoins, elle avait envie de croire en lui. Elle avait envie de croire qu'on ne lui avait pas laissé le choix. Dans ce cas, que pouvait bien faire un vieil homme malade ?

Elle raccrocha enfin et prit une profonde inspiration. Sa tête bourdonnait et ses muscles se relâchèrent totalement. Cela ne présageait rien de bon. À ce rythme, elle ne pourrait pas aller dans sa chambre et l'employé chargé de la surveillance des caméras finirait par se réveiller et s'apercevoir de son absence. Elle ferma les yeux et se redressa péniblement contre le bureau.

— Votre père vous manque, Numéro Un ?

Elle se retourna dans un sursaut. Le docteur Jonathan la fixait avec son sourire satisfait. Vêtu de son pyjama rayé bleu, sa silhouette semblait s'allonger dans l'encadrement de la porte. La vision de Numéro Un se troubla. Elle ne savait pas quels médicaments cet homme lui donnait, mais elle se retrouvait toujours dans un état cotonneux.

Numéro Un comptait sur le désir qu'il avait de la transformer en arme à tuer. Grandir lui permettrait de devenir plus forte. Selon elle, il était naturel que Jonathan souhaite participer au processus et l'aide à surmonter ce cap pour ensuite l'utiliser. Mais une fois en pleine possession de ses capacités, elle comptait s'enfuir.

Ce qu'elle ignorait, c'est qu'au-delà de l'excès de zèle qui motivait Jonathan se cachait autre chose. Un dessein bien plus grand : la vengeance.

— J'avais juste un coup de fil à passer.

— Vous venez peut-être de signer l'arrêt de mort de votre cher papa.

— Il n'a rien dit qui puisse entraîner un tel châtiment. Je vous appartiens, alors laissez-le tranquille.

— Vous vous faites du souci pour lui alors qu'il vous a cédé sans aucune négociation.

— Vous lui avez tendu un piège.

— Vous êtes tenace. On ne m'avait pas menti à votre sujet. Cependant, mademoiselle, je vois bien que vous êtes éprouvée. Je peux vous aider à apaiser vos souffrances.

— Je ne veux plus de vos psychotropes.

— Des psychotropes ? Vous devenez paranoïaque, ma chère.

Numéro Un courba l'échine ; sa tête la lançait. Tout à coup, le bruit des aiguilles d'une montre résonna dans son cerveau. Elle n'arrivait plus à garder les yeux ouverts et s'effondra au sol.

« *Il ne faut jamais sous-estimer l'ennemi* ». C'était ce qu'elle répétait tout le temps à Deux. Pourtant, ce soir, face à ce col blanc trop bien coiffé et parfumé, elle n'avait pas imaginé le pire.

18.

Été 1959

À Moscou, c'était la première fois que Numéro Deux approchait un chef de pègre de si près. Cela faisait quelques mois qu'il travaillait comme serveur dans un café où se rendait régulièrement la cible. Souvent, le soir, il le voyait entouré d'hommes en costume qui semblaient très influents. Imitant ses collègues, Deux faisait des courbettes devant eux et les servait, le regard baissé.

L'aura de pouvoir et d'assurance que possédait cet homme lui avait tout de suite plu. Il était son propre patron et les personnes qui l'entouraient devaient vivre selon ses règles ou mourir. Il n'avait de comptes à rendre à personne, si ce n'est à lui-même. C'était le genre de vie que Deux pourrait mener si... ses pensées revinrent soudain vers Numéro Un. Seul dans son petit studio en centre-ville, il observait le ciel gris par la seule fenêtre de l'appartement. Il passa sa main dans ses cheveux et soupira. Il ne devait surtout pas penser à elle. Dans une semaine, peut-être, mais pas avant.

Ce soir-là, Deux profita d'une fête organisée par la cible dans le café où il travaillait pour mettre son plan à exécution.

Il s'était arrangé pour faire quelques heures supplémentaires. Les festivités se déroulaient dans une salle privatisée du café, sans aucune fenêtre, mais recouverte de miroirs. L'alcool coulait à flots, les femmes aussi. La musique faisait danser les couples. La cible, elle, ne dansait pas. Affalée sur une banquette vert-olive, ses bajoues frottaient contre l'épaule d'une jeune fille blonde d'au moins quinze ans sa cadette. Elle caressait le dessus de son crâne clairsemé. Les boutons ouverts de sa chemise laissaient entrevoir sa toison pectorale qu'une autre femme caressait. Les esprits étaient totalement embrumés par l'alcool.

Sans le savoir, le chef de pègre s'était brûlé les ailes en voulant s'engager dans un monde qu'il ne connaissait pas : la politique. Afin de s'assurer plus de droits et de facilités, il souhaitait intégrer le gouvernement. Grave erreur. Quand bien même on tolérait sa présence, on ne voulait pas de lui là-bas.

Derrière le bar, discrètement, Deux versa une goutte de poison dans le verre de l'intéressé avant de lui servir. Il ne fallut pas moins de cinq minutes avant que celui-ci ne gobe le breuvage. Autour de la cible, son entourage ivre mort ne remarqua pas lorsqu'il s'effondra sur la table la tête la première, comme s'il s'était subitement endormi. Les deux femmes qui l'entouraient le secouèrent et rirent bêtement. « Il s'est endormi ! » beugla l'une d'elles avant de finir son verre. Voyant qu'il ne se réveillait pas, Deux conclut qu'il était bien mort. Pour faire diversion, il demanda à un de ses collègues de servir le dessert dans la salle attenante. De toute manière, la soirée touchait à sa fin. Les invités seraient bientôt priés de se rendre à l'avant de la boutique pour prendre le thé, ce qui les inciterait à s'en aller.

Lorsque tous les convives eurent quitté la pièce, Numéro Deux débarrassa tous les verres avant de s'approcher de la cible pour vérifier son état. Son pouls ne battait plus. Il sortit de son tablier un scalpel. Avec une précision chirurgicale, il planta la lame à la lisière de ses cheveux, avant de tracer l'ovale de son visage. Puis, délicatement, mais avec un geste franc, il décolla la peau et la rangea dans un sac en plastique. Comme si de rien n'était, il repositionna le corps de la cible exactement comme il l'avait trouvé.

Avant de partir, il prit le temps de saluer ses collègues. Il les avait prévenus qu'il ne pourrait pas rester pour la fermeture, car il devait se lever tôt pour prendre un train. Ce fut donc tout naturellement que ses collègues le regardèrent partir avec envie.

Seul dans les rues éclairées, Deux ne prit pas le temps d'observer l'architecture urbaine ou d'admirer les quelques étoiles qu'on pouvait apercevoir dans le ciel. Il se contenta de remonter la rue jusqu'à son studio, comme il le faisait six jours sur sept depuis trois mois. Une fois de retour à l'appartement, il appela son contact.

— Bonsoir.

— Bonsoir. Mon billet de train est-il toujours prévu pour demain, 8 h ?

— Non, il a été annulé. Votre tante a appelé. Elle aimerait que vous rameniez votre cousine qui habite en banlieue.

— À quelle heure dois-je la récupérer ?

— Cette information ne m'a pas encore été transmise. Je vous la ferai parvenir dès qu'on me la donnera.

— Très bien. À demain.

Deux se coucha sur son lit simple posé contre la fenêtre. Il avait envie de penser à elle et à la vie qu'il aurait pu avoir s'il avait fait les choses autrement. S'il avait choisi à cet instant de ne pas rentrer. À la place, il pensa à cette cousine qu'il devait aller chercher. Une jeune fille en détresse à récupérer. Numéro Un serait peut-être contente d'apprendre qu'il savait aussi faire le bien sans avoir à ne tuer personne.

Le lendemain, son contact lui remit les informations au détour d'un parc. Assis sur un banc, un homme ordinaire lisait un journal après sa journée de travail dans son costume cravate de grand magasin. Le temps s'était considérablement réchauffé et cet homme profitait des rayons de soleil de cette après-midi d'été.

Son contact lui indiqua que sa « cousine », Lili, dînait chez des connaissances dans une maison cossue de la banlieue de Moscou. Les hôtes avaient invité un pianiste à jouer pour leur soirée. Lorsque Deux arriva près de la maison, il entendit les notes de l'instrument résonner depuis le jardin.

Alors qu'il approchait de la fenêtre où il devait récupérer la cible, une sensation déroutante l'envahit. Ses poils se hérissèrent sur ses bras, son cœur se mit à palpiter. Une présence lui sembla familière. Pourtant, cela était impossible. Il chassa tant bien que mal cette idée de sa tête et essaya de rester concentré.

Le tic-tac de sa montre résonnait dans sa tête. Si elle n'était pas sortie à 23h21, il devait entrer pour la récupérer. Comme prévu, la fenêtre était entrouverte et donnait sur un épais rideau rose saumon. Il attendait le coup d'envoi, tel un coureur attendant le départ dans son couloir. Mais cette étrange sensation grandissait et il était maintenant persuadé qu'il *la* trouverait en entrant dans cette salle, vêtue de la robe dorée à dos nu de la cousine Lili. Le dernier tic-tac de sa montre retentit.

C'était l'heure d'entrer en scène.

19.

Lorsqu'elle se réveilla, elle n'était plus dans un fauteuil en train de recevoir son traitement. Le son lointain d'un accord de piano résonnait encore dans sa tête. Elle se trouvait dans un salon et deux corps gisaient devant elle. Elle leva les yeux vers le miroir installé au-dessus d'une cheminée, où crépitait un feu, et vit le sang sur son visage et sur la robe de soirée dorée qu'elle portait. La pièce était décorée dans un pur style baroque clinquant. Il y avait des dorures au mur et un long rideau rose saumon, qui était tiré. Derrière elle, se trouvait un majestueux piano à queue noir, sur lequel reposait une silhouette sans vie, elle aussi, et un autre miroir dans lequel elle rencontra son propre regard effaré et perdu. Elle avança lentement vers celui-ci, essayant de comprendre, et trébucha sur un couteau couvert de sang. Elle ne savait pas pourquoi, mais à cet instant elle sentit, elle sut que c'était elle qui avait fait ça. Elle étouffa un cri. Derrière la porte, elle perçut une certaine agitation. Les battements de son cœur s'accélérèrent. Elle devait s'en aller, mais par où ? Elle ne savait même pas où elle était. Le claquement des chaussures s'intensifiait de l'autre côté de la porte. Elle allait être démasquée.

Soudain, la fenêtre s'ouvrit et une bourrasque lui glaça le visage. Deux débarqua dans la pièce. Il l'attrapa par la taille et l'emmena en lieu sûr.

Le trajet vers la gare se passa en silence. Deux conduisait, le regard vissé sur la route. C'était bien elle. Elle était partie en mission sans lui. Du moins, presque sans lui. Il n'en revenait pas. Malgré sa stupeur, il se livra aux précautions d'usage et ouvrit la boîte à gant d'où il sortit une serviette et une bouteille d'eau. Mécaniquement, elle les attrapa et se nettoya le visage. Puis, elle fouilla sous le siège de la voiture et en tira une robe noire en lin à manches longues. Difficilement, elle s'accroupit et se changea rapidement. Ses mains tremblaient et son regard était hagard, comme si elle avait vu un fantôme. Elle découvrait les rues comme s'il s'agissait de la première fois.

— Mademoiselle, nous arrivons à la gare.

Elle sursauta au son de sa voix. Il sentit son regard insistant se poser sur lui. Sa respiration ralentit doucement, puis elle dit avec une légèreté qui tranchait avec la panique qui l'avait habitée quelques secondes plus tôt :

— Excuse-moi, je crois que j'ai bu un peu trop de champagne. J'ai eu un moment d'absence. Cette soirée était merveilleuse.

— Tu pourras me raconter tout ça dans le train.

Deux gara la Moskvitch-402 et récupéra sa valise dans le coffre. Il attendit que leur train apparaisse sur le tableau des départs. Lorsqu'il s'afficha, ils hésitèrent tous les deux un instant. Rien ne les attendait là-bas. Sauf des conditions de vie que personne ne leur envierait. Il se tourna vers sa « cousine » pour voir si elle était en phase avec lui. Son regard était rêveur, perdu au loin. Elle se caressait la joue, pensive. Il ne savait pas qui était la femme qui se trouvait à côté de lui, mais ce n'était pas Numéro Un. Dans ces conditions, ils ne pouvaient pas se permettre de fuir. Elle risquerait de les ralentir. Malheureusement, ils devaient rentrer afin de trouver une solution pour qu'elle redevienne elle-même.

Au petit matin, le manoir apparut devant eux. Une légère brume l'entourait, lui donnant cet air mystérieux à la hauteur de sa légende. À l'entrée, personne ne les attendait.

Numéro Un prit une douche froide, essayant de se remémorer les événements. Elle revoyait Mathilda dans son uniforme d'infirmière, inquiète, et le visage de Jonathan qui lui parlait. Elle sortit de la douche et se sécha rapidement. Elle revêtit une robe blanche à broderies. Celle-ci était devenue trop petite au niveau des bras et des jambes. Sans vraiment s'en rendre compte, elle avait bel et bien grandi.

Un s'assit sur son lit, face à Deux, et lui demanda :

— Que s'est-il passé ?

— C'est à toi de me le dire. Pourquoi es-tu partie en mission sans moi ?

— J'étais en train de prendre la dernière poche, ou alors était-ce de la morphine ? Et je me suis réveillée là-bas...

Elle secoua la tête et pressa ses doigts sur ses yeux.

— Ce salaud, il t'a droguée.

Deux se leva d'un bond, visiblement énervé, et se dirigea vers le bureau de Jonathan. Ce dernier était tranquillement installé, une tasse de thé fumante à la main et un stylo dans l'autre, en pleine réflexion sur ses dossiers.

— Qu'est-ce que vous lui avez fait ? Elle aurait pu se faire arrêter, voire pire encore !

— Deux ? Content de te voir. Comment se sont passées tes missions ? J'ai déjà eu un retour concernant ta première mission et ils n'ont que du bien à en dire. Je suis fier de toi. D'ailleurs, tu me dois un petit quelque chose, ne l'oublies pas.

— Pourquoi me tutoyez-vous ?

Jonathan leva un sourcil et reprit, plus calmement :

— Pardonnez-moi, monsieur Numéro Deux.

— Pourquoi Un ne se souvient-elle de rien ?

— La dernière poche l'a rendue totalement folle. Nous avons craint pour nos vies ainsi que pour la sienne. C'est elle qui a insisté pour partir en mission. Au début, je ne vous cache pas que j'ai beaucoup hésité. J'ai essayé de la retenir en lui disant qu'elle vous avait promis de ne jamais plus partir en mission sans vous. Sans succès. Elle m'a rétorqué qu'elle l'avait déjà fait, qu'elle en avait assez d'être enfermée ici et qu'elle avait besoin de se dégourdir les jambes. Bref, je me suis dit qu'elle était peut-être en pleine crise d'adolescence. J'ai tout de même réussi à lui faire promettre de vous attendre et de revenir avec vous. Pour sa sécurité, cela va sans dire. Mais si vous me dites qu'elle ne se souvient de rien, je comprends mieux. Cela signifie que la situation est pire que ce que j'avais imaginé.

— Vous mentez. Elle n'aurait jamais fait ça. Cela ne lui ressemble pas.

— Exactement, Deux. Cela ne lui ressemble pas. Je crois que cette transition a été plus traumatisante que nous ne l'avions présagé. Numéro Un ne sera certainement plus jamais la même.

— Alors ramenez-là ! C'est votre rôle.

Jonathan afficha un sourire satisfait et posa sa tasse de thé et son stylo sur le bureau. Puis, il entrelaça ses doigts.

— Mon rôle, Numéro Deux, est de trouver un vaccin pour guérir toutes les maladies. Ou, tout du moins, la plupart d'entre elles.

— Et que faites-vous de Numéro Un ?

— Son corps fonctionne encore correctement. Même si elle n'a plus toute sa tête, je peux développer le vaccin.

— Et les missions ? Ne souhaitiez-vous pas qu'elle reprenne du service ?

— Ne vient-elle pas d'en accomplir une ? S'il y a bien une chose pour laquelle elle est encore assez lucide, ce sont ses missions. L'état mental de Numéro Un n'est pas un obstacle à leur bon déroulement. Évidemment, nous essaierons de faire en sorte que tout se passe au mieux. Cependant, vous devez vous faire une raison : Numéro Un a grandi. Non seulement son corps s'est développé, mais son esprit a évolué. Cela arrive souvent, surtout à cet âge.

— Vous êtes juste un incapable.

Deux serra les poings et la mâchoire. Jonathan ne semblait pas préoccupé par son agitation, malgré le fait que Numéro Un ne soit pas là pour le calmer. Imperturbable, il prit son téléphone, appuya sur quelques touches et appela Mathilda.

Face à tant d'arrogance, Numéro Deux n'avait qu'une envie : le tuer. Cependant, il pensa à sa partenaire et respira profondément. Si cet homme ne pouvait rien pour elle, alors un seul choix s'offrait à lui.

— Nous partons.

À ces mots, Jonathan étouffa un rire et reprit :

— Et où iriez-vous ? Vous n'avez ni identité, ni argent, ni endroit où aller. Vous avez fini de vieillir, Deux. Quant à Numéro Un, elle vieillira d'à peine une année tous les dix ans. Comment comptez-vous vivre dans le monde extérieur sans attiser la curiosité ? Et croyez-vous sincèrement que les autorités vous laisseront tranquilles ? Vous serez traqués sans relâche. En restant ici, vous gardez une certaine liberté. J'aspire à améliorer le confort de cet endroit. Vous travaillerez avec les meilleurs professeurs et instructeurs, qui vous pousseront au-delà de vos capacités actuelles. Vous pourrez tuer sans craindre aucune conséquence. Je veux que vous exploitiez tout votre potentiel parce que vous êtes bien meilleur qu'un simple soldat et, je le pense sincèrement, bien meilleur qu'elle.

Deux se leva d'un bond et claqua la porte. Jonathan avait raison, ils étaient obligés d'obéir. Ils n'avaient nulle part où aller. La nouvelle attitude de Numéro Un le déstabilisait. Habitué à la laisser prendre les décisions stratégiques, il ne savait plus quoi faire, ni qui écouter.

20.

Assise sur le lit, Un essayait toujours de se rappeler des événements. Depuis qu'elle avait commencé ce traitement, elle avait l'impression d'évoluer dans un cauchemar. Ce cauchemar la gardait prisonnière d'une pièce qui sentait l'humidité et le renfermé. Parfois, comme à travers des persiennes, elle pouvait entrevoir la réalité. Toutefois, la lumière tremblait, comme une ampoule sur le point de mourir. Elle craignait le moment où cette ampoule ne s'allumerait plus.

Dans les fragments de sa mémoire, elle voyait cette chambre au sous-sol. Le regard inquiet de Mathilda, la voix confiante de Jonathan au-dessus d'elle. Et ce tictac...

Elle se voyait enfiler des vêtements, acquiescer les demandes d'une ombre. L'odeur des arbres, de la rue, des pots d'échappement remontait. Mais comment en était-elle arrivée là ? Elle ne s'en souvenait pas. La douleur dans ses membres resurgit et elle grogna d'agacement en se laissant tomber sur le lit. Malgré la frustration, elle était décidée à poursuivre sa quête jusqu'à trouver une porte de sortie. Il était hors de question qu'elle se laisse abattre si facilement.

Dans le couloir, elle entendit Edna marcher d'un pas pressé. À cette heure-ci, la jeune femme était censée se trouver en bas en train de coudre ou d'aider Vera à la cuisine. Un se leva et alla à sa rencontre, feignant la chercher.

— Bonjour, Edna.

Cette dernière se figea, apeurée. Les sujets avaient le droit de leur parler. Elle avait le vague souvenir de l'avoir déjà fait. Bien qu'elle ne soit pas sûre d'elle, elle n'avait rien à perdre.

— Bon-bonjour, sujet numéro un, bégaya-t-elle en fixant le parquet.

— Je ne vais pas vous tuer d'un regard, vous savez, dit Numéro Un en lui adressant son plus charmant sourire.

Hésitante, Edna releva doucement la tête, encore intimidée. Elle l'avait déjà approchée lors des essayages de nouveaux vêtements pour sa mission. Tout s'était bien passé. Pour la rassurer, Vera et un assistant avaient tout de même assisté à la séance.

— Je voulais juste vous demander quand aurait lieu la prochaine session d'essayage ? Ma robe est vraiment trop petite.

Effectivement, Edna put constater que la robe qu'elle portait aurait pu être celle de sa petite sœur, si elle en avait eu une. Elle se rendit aussi compte qu'elle était démodée et imaginait déjà mille et une façons de l'améliorer.

— Nous en ferons une dès que le docteur m'aura donné son feu vert, répondit Edna. Je vous ai déjà confectionné plein d'autres tenues.

— Je suis ravie de l'entendre. Je trouve que vous faites un travail merveilleux. Je suis contente que vous soyez parmi nous.

— Merci, dit Edna, gênée.

On lui faisait rarement de compliments sur son travail.

— J'espère que vous êtes rémunérée à votre juste valeur. Entre vous et Vera, je suis bien entourée. Combien de temps durent vos contrats ?

— Nos contrats viennent d'être renouvelés pour une année et le comité nous paie très bien.

Le comité pour la sécurité de l'État. Non seulement on l'avait abandonnée aux mains d'un psychiatre, mais il s'agissait en plus d'un envoyé du gouvernement. Cette brève conversation lui permit de confirmer ses doutes.

— Celui de Mathilda aussi ?

— Non. Elle part se marier. Comme nous toutes, elle a accepté ce poste afin de faire des économies et de pouvoir vivre confortablement à l'avenir.

— Je comprends, c'est tout à fait normal. Je me sens un peu fatiguée, je vais aller me coucher. Bonne journée.

— Merci, à vous aussi.

Edna retourna vaquer à ses occupations et Numéro Un retrouva son lit. Elle regroupa toutes ces nouvelles informations, essayant de combler les vides de son histoire. Tout portait à croire qu'elle avait été trahie. Le départ précipité d'Alexeï, et maintenant celui de Mathilda. Sans compter celui de Dan, qui l'avait jetée comme une souris de laboratoire. « *Ne jamais donner sa confiance à un être humain* », s'était-elle souvent répétée. Aujourd'hui, cela semblait on ne peut plus vrai.

***

Mathilda, pressée par Jonathan, croisa Deux dans le couloir. Il ne semblait pas heureux d'être de retour, ce qui n'avait rien d'étonnant. Numéro Deux n'aimait pas les surprises et celle que Jonathan lui avait réservée avait dû particulièrement le contrarier.

— Deux, je vous cherchais, dit-elle timidement.
— Pourquoi ?
— Je dois vous examiner. Comme à chaque retour de mission.
— Je n'ai pas envie.
— Monsieur Numéro Deux, ce n'est pas une question d'envie. Il s'agit de votre santé. Qu'au moins l'un de vous se sente bien...

Elle avait murmuré sa dernière phrase. Deux la considéra soudain avec intérêt.

— Très bien, mais faisons-le dans la serre. Il fait beau, j'aimerais en profiter.
— Allons-y.

La serre se trouvait à l'arrière de la dépendance. Éloignée, elle leur servait à assurer leur autonomie en nourriture pendant les rudes mois d'hiver. En plein été, les fleurs étaient écloses et dégageaient un doux parfum. Les couleurs étaient chatoyantes, les arbres fruitiers portaient abondamment. Numéro Un adorait s'en occuper, ce qui rendit Mathilda nostalgique. Les larmes lui montèrent aux yeux, mais elle les retint. Tous deux s'assirent sur le banc en fer forgé qui donnait sur un pare-terre de fleurs.

— De quoi souhaitiez-vous me parler, Deux ? chuchota-t-elle en regardant autour d'elle, craignant qu'un employé ne les surprenne.
— Dites-moi la vérité. Que s'est-il vraiment passé ? Pourquoi Un est-elle partie en mission dans son état ?
— Depuis que nous lui avons donné la dernière poche, Un n'est plus du tout elle-même. Elle délire et se prend pour

quelqu'un d'autre. Le docteur pense que c'est un mécanisme de défense.

— Et vous, que pensez-vous ?
— Je ne sais pas.
— Qui est ce docteur, Mathilda ? Pour qui travaille-t-il ?
— Deux...

Elle baissa la tête et fit semblant d'examiner le bras de son patient. Elle ouvrit plusieurs fois la bouche sans sortir un mot. Elle avait envie de lui dire qu'ils travaillaient maintenant pour le comité. À nouveau. Elle avait aussi envie de partager avec lui ses doutes sur le contenu des poches lors du traitement. Jamais, auparavant, ce sérum n'avait provoqué cela chez elle. Néanmoins elle se retint. Elle voulait pouvoir retourner chez elle saine et sauve et qu'on l'oublie.

Dans sa main, les veines de Deux devinrent saillantes. Il lui attrapa le poignet, puis le serra. Lorsqu'elle releva la tête, sa colonne vertébrale fut parcourue par un frisson. Son regard était empli de colère, sa narine légèrement retroussée et sa mâchoire tendue. Deux était susceptible et manquait de patience, surtout quand il s'agissait de Numéro Un. Mathilda commença à bégayer.

— Que savez-vous, Mathilda ?
— Numéro Deux, calmez-vous. Je... Je ne peux rien vous dire. Cela risquerait...
— Ils savent que vous nous appréciez. Si quelque chose fuite, même si cela ne vient pas de vous, ils vous suspecteront. Alors autant me dire la vérité. Je suis prêt à vous protéger. En revanche, si vous refusez. Préférez-vous mourir de leur main ou des miennes ?
— Deux, Numéro Un n'approuverait pas vos méthodes. Monsieur Numéro Deux, soyez raisonnable. Vous me faites mal.

La main de Mathilda commença à s'engourdir à cause de la pression exercée par la main de Deux.

Tout à coup, Jonathan fit irruption dans la serre, accompagné d'un employé qui semblait lui dresser l'état des lieux et lui parler des provisions de l'hiver. Le mois de juillet touchait à sa fin et ils se préparaient déjà à l'automne. Deux lâcha le poignet de Mathilda, qu'elle dissimula dans la poche de son tablier. Puis, elle se redressa d'un coup et se dirigea vers la sortie.

— Tiens donc. Vous faites des auscultations ici, maintenant ?

— L'exposition au soleil est recommandée pour la santé. Nous venons juste de terminer et il va parfaitement bien. Maintenant, je vais aller voir Numéro Un.

— Non, laissez. Je compte aller la voir juste après.

— Docteur, à propos de mon contrat. Il se termine bientôt et finalement, après réflexion, je ne souhaite pas le renouveler.

— Je comprends. Vous nous avez été d'une grande aide, vous savez. Mais je pense aussi que vous devriez partir. Les sujets sont trop habitués à vous. Vous êtes l'un des derniers remparts au changement que je souhaite opérer ici. Sans rancune. Vous les avez connus petits, j'imagine que cela crée des liens forts.

— Oui, ils étaient un peu comme mes enfants...

— Le prochain train est dans une semaine.

Mathilda leva la tête, surprise. Elle ne pensait pas qu'il la congédierait sitôt.

Jonathan la regarda quitter la serre. Elle paraissait anxieuse. Le docteur se doutait qu'elle fouinait et la considérait comme un danger pour Numéro Un. Quelques jours plus tôt, lorsqu'il avait vérifié les poches de médicaments qu'on lui administrait, il avait constaté que celle de l'après-midi avait été remplacée par de l'eau. Prétextant la déshydratation, Mathilda lui avait juré qu'elle comptait lui en parler, mais il savait que ce n'était pas le cas. À la suite de cela, Numéro Un avait fait une crise d'hystérie, ce qui avait permis de persuader l'infirmière que le traitement n'était pas une si mauvaise alternative. Entre voir sa protégée calme ou en pleine crise de nerfs, elle préférerait sans doute la première option.

Néanmoins, le docteur la percevait désormais comme une menace. Il devait s'en débarrasser au plus vite avant qu'elle ne tente autre chose. Il observa Deux du coin de l'œil tout en écoutant Serguëi, l'homme à tout faire, lui parler des prochaines récoltes et des plantations. Le sujet avait les mains agrippées au banc et la tête penchée en arrière. Observait-il le ciel ? Il avait remarqué que les sujets se perdaient souvent dans des moments de contemplation de la nature. Après tout, c'était ce que ferait n'importe quel fauve dans la savane. Sa réaction avait été celle à laquelle il s'était attendu. Pour l'instant, tout était sous contrôle. Il avait hâte de voir comment les choses allaient évoluer.

***

La lune était déjà haute dans le ciel. Deux fixait le plafond dans le noir. Numéro Un dormait paisiblement à côté de lui. Ou tout du moins faisait-elle semblant.

— Tu aurais dû me laisser à la gare et t'en aller.
— Comment ?

Il se redressa et la dévisagea dans l'obscurité de leur chambre. L'ombre projetée par l'armoire qui se trouvait en face de son lit l'enveloppait. Ses yeux étaient toujours fermés.

— Pourquoi aurais-je fait ça ?

— Tu nous crois vraiment en sécurité ?

— Si nous ne l'étions pas, tu serais déjà partie. Le vrai danger, c'est ce nouveau corps. Tant que tu ne l'auras pas apprivoisé, nous ne serons en sécurité nulle part.

Elle soupira et lui tourna le dos. Dans un sens, il n'avait pas tort.

— Que comptes-tu faire maintenant ? demanda-t-elle.

— Profiter de ces nouvelles missions pour retrouver Dan. Il saura quoi faire, j'en suis sûr. Après tout, c'est lui qui t'a créée et qui a inventé ce sérum.

— Dan nous a vendus à cet homme.

— S'il y a bien une chose qui compte plus que tout pour Dan, ce sont la science ainsi que ses recherches. C'est ce que nous sommes pour lui. Il n'apprécierait sûrement pas de voir l'une de ses plus belles créations dans cet état. Je vais le trouver et il nous aidera. Il t'aidera.

— Je n'en suis pas si sûre, murmura Numéro Un. Bonne nuit.

21.

Quelques jours plus tard, Mathilda accompagna Numéro Un au sous-sol, dont la superficie était aussi grande que celle de la maison. C'était à cet endroit que le docteur Jonathan avait choisi d'installer la plupart de ses appareils d'analyse sophistiqués. Au bout du long couloir, se trouvait la chambre qu'avait occupée Un pendant sa convalescence. Cette pièce lui évoquait plus une cellule qu'une chambre. Les murs étaient capitonnés, le lit simple rappelait celui des hôpitaux psychiatriques. Pour tout meuble, il y avait une table de chevet et une chaise. Dans un coin près de la porte d'entrée se trouvaient des toilettes sèches. Une fois fermée, la porte ne permettait pas d'être ouverte de l'intérieur. Il fallait avoir le passe-partout ou s'assurer qu'il y ait quelqu'un à l'extérieur.

— Pourquoi m'amenez-vous ici, Mathilda ? Je vais bien.

— C'est un ordre du docteur Jonathan. Il m'a demandé de vous injecter un produit qui permettra à une de ses nouvelles machines de mieux vous voir à l'intérieur. Ou quelque chose comme ça.

— Un scanner ?

— Peut-être, je n'en sais trop rien. Installez-vous.

Numéro Un s'assit à contrecœur sur le lit et observa Mathilda, son regard perçant empli de reproche. L'infirmière sourit et prépara sa seringue.

— Vous partez ?

— Comment ? Qui ? Qui vous l'a dit ?

— Edna. Je crois qu'elle a encore un peu peur de moi. Votre futur époux se languit-il de vous ?

— Oui. Il est temps que je rentre et que je me marie pour faire ma vie. Vous comprenez, à mon âge.

— Quelqu'un vous a menacée ?

— Non.

Elle détourna son regard de celui de Numéro Un et se concentra sur la seringue. Elle lui attrapa le bras et tata son pli du coude avant de lui injecter le liquide.

— Savez-vous ce que vous êtes en train de me donner ?

— Rien de dangereux.

— C'est ce qu'il vous a dit.

— Il n'a aucune raison de vous faire de mal. Il a besoin de vous au meilleur de votre forme.

— C'est aussi ce que je croyais. J'ai parlé un peu avec les autres. Ils sont très bavards pour des employés censés garder un secret.

— Ils sont juste stupides. Ils peuvent parler, car, de toute façon, personne ne les croira.

— Quand bien même, ce n'est pas un risque que le gouvernement prendrait, si ?

Mathilda leva la tête et retira la seringue d'un coup. Numéro Un savait. Elle en savait même peut-être plus qu'elle sur la situation actuelle.

— Qui vous a menacée, Mathilda ? Ce sont eux ?

— Personne ne m'a menacée, mademoiselle.

Elle recula d'un pas et fouilla dans ses poches, à la recherche du passe-partout. Son agitation parut étrange à Un.

— Deux vous aurait-il menacée ? Je sais qu'il est susceptible et très nerveux en ce moment. Il aurait pu se comporter de la sorte afin d'obtenir des informations. Ne lui en veuillez pas, la subtilité n'est pas son fort. Mathilda, nous auriez-vous trahis ?

— Jamais ! Jamais je ne ferais une telle chose. Je m'en voudrais tellement... Je...

— Vous vous en voulez ? Auriez-vous été piégée ? Deux se montrera clément si c'est le cas. Je lui expliquerai la situation afin qu'il ne garde pas une mauvaise image de vous. Ou avez-vous agi comme mon père ? Auriez-vous fait preuve de lâcheté ?

Numéro Un se leva et avança de quelques pas vers elle. L'effroi se lisait sur le visage de Mathilda. Face à elle, Numéro Un semblait habitée par une sorte de rancune mêlée de colère. Grâce au sérum, elle était devenue plus grande que Mathilda et la surplombait, menaçante.

Enfin, l'infirmière trouva le passe-partout et ouvrit la porte. Mais avant qu'elle puisse partir, Un la referma et fit tomber la clé d'un coup sec sur sa main. Mathilda poussa un cri aigu et se protégea le visage.

— Je n'en ai pas fini avec vous, Mathilda.

— Mademoiselle Numéro Un. Je vous en supplie, ne me faites pas de mal. Cela ne vous ressemble pas.

— Il paraît que je ne me ressemble plus, ces derniers jours. Mais ça, vous devez le savoir. Vous devez savoir pourquoi je suis dans cet état, étant donné que c'est en partie de votre faute. J'avais confiance en vous, Mathilda.

Elle frappa le pan de mur près de la porte et se tint la tête. Le bruit régulier d'un métronome commença à résonner dans son crâne. Recluse dans un coin de la pièce, Mathilda s'était roulée en boule et priait. Attendant son sort avec angoisse.

22.

Jonathan accueillit Numéro Deux dans son bureau, le pied battant contre la moquette. Il semblait inquiet et ennuyé. Cela faisait maintenant un an qu'il avait repris la direction de cet endroit.

Durant cette première année, Deux avait été de moins en moins en contact avec elle, bien trop occupé à effectuer des missions et à essayer d'en apprendre davantage concernant Jonathan et l'endroit où se trouvait le professeur Daniil. Pour le moment, il n'avait aucune piste sérieuse. Il était rassuré quant à l'état de Numéro Un, qui avait sérieusement repris les entraînements et semblait plus stable, même si elle se montrait distante avec lui. Chaque fois qu'elle le regardait, elle lui adressait cet air de reproche qu'il ne comprenait pas. Pour lui, rester près d'elle était de son devoir, qu'elle le veuille ou non. Ce qui le rassurait moins, c'était sa nouvelle attitude avec Jonathan. Elle semblait plus coopérative.

Il s'assit face au directeur et croisa les bras. L'inquiétude avait effacé le sourire arrogant de Jonathan et ses fines lèvres pincées faisaient une apparition remarquée sur sa figure.

— Une nouvelle mission, je suppose ?

— Tout d'abord, bonjour, monsieur Numéro Deux.

Deux leva un sourcil et attendit. Le pied de Jonathan continuait à taper nerveusement.

— Ce bruit que vous faites avec votre pied. Je ne l'aime pas. Arrêtez. En plus, cela vous trahit. Vous a-t-on demandé d'éliminer votre famille ? Ou un ami ? Dois-je encore faire le sale boulot ?

Jonathan baissa les yeux et balaya les paroles de Deux d'un geste de la main.

— Non, vous devez juste extorquer des informations.

— Hum. De la torture, donc ? Je suis un peu rouillé sur le sujet.

— Numéro Deux, c'est très sérieux. Nous parlons d'un risque de trahison nationale. Nous devons savoir si cet homme a trahi ou va trahir sa patrie.

— Qui lui en voudrait ?

— Numéro Un s'est faite une raison. Elle est raisonnable. Vous devriez en faire autant.

Deux ne porta aucune attention à cette phrase qui l'irrita. Rester loin d'elle lui avait au moins permis d'apprendre à mieux se contrôler.

— Nous travaillons pour le gouvernement, maintenant ? Je nous croyais indépendants.

— C'est un ami qui y travaille qui m'a demandé cette faveur. Il n'y a que lui et moi qui sommes au courant de la situation. J'ai décidé de lui donner un coup de main. Donc non, nous ne travaillons pas pour le gouvernement.

— Qui est la cible ?

Jonathan sortit une enveloppe marron de son tiroir et la lui tendit.

— Edna vous attend dans l'entrée avec votre valise. Sergueï est déjà dans la voiture. Vous partez sur-le-champ. Vous avez une semaine. Pas une de plus.

— Et que se passera-t-il si je prends mon temps ?

— Numéro Un restera seule ici, sans protection de votre part.

— Elle a retrouvé toutes ses forces. C'est tout ce que vous avez trouvé pour me faire chanter ?

— Vous...

— C'est votre tête qui tombera, n'est-ce pas ?

— Celle de ma famille, Deux, ainsi que des personnes qui travaillent ici. Vous ne voudriez pas que des innocents meurent, si ?

— Je ne possède pas ce genre d'empathie.

— Un n'apprécierait pas, si elle venait à l'apprendre. Et puis, réfléchissez : si Numéro Un se retrouve toute seule et que le gouvernement l'apprend.

— Elle s'enfuirait avant qu'ils ne la trouvent.

— Sans vous ?

— Oui.

Jonathan serra les lèvres et, essayant d'ignorer l'insolence du sujet, reprit, les sourcils froncés :

— Vous étudierez le dossier durant le trajet en voiture et le détruirez avant d'arriver à la gare. Et surtout, vous reviendrez dans une semaine avec les informations. Une dernière chose : vous ne devez pas tuer la cible.

— S'il est coupable ?

— Ne tuez pas la cible.

— Je vous l'ai dit, je suis rouillé au niveau de la torture. Un accident peut si vite arriver.

— Ne la tuez pas. Et maintenant, hors de ma vue.

Deux se leva avec un sourire en coin. Si Jonathan insistait autant, c'est qu'il s'agissait d'une affaire personnelle. Il avait hâte de rencontrer cette personne et de faire sa connaissance.

23.

Automne 1959

Stefan Sokolov avait réussi. Il était devenu conseiller au comité. Cette prouesse, il la devait à son travail acharné, mais aussi à sa mère qui habitait encore un appartement modeste de banlieue.

Comme tous les dimanches après-midi, il lui rendait visite. Il se recoiffa devant le miroir de l'entrée et rejoignit son chauffeur dans la cour. Sa femme et sa fille étaient parties chez sa belle-famille à la campagne pour les vacances d'automne.

Une fois devant la barre d'immeubles aux formes brutalistes qui l'avait vu grandir, il soupira, nostalgique et fier. La façade beige en béton et la porte d'entrée en fer dont la peinture s'écaillait témoignaient des années passées. Dans l'entrée, il dit bonjour à un voisin qu'il n'avait pas revu depuis un moment et prit des nouvelles du quartier. Par automatisme, il vérifia la boîte aux lettres pour récupérer le courrier de sa vieille mère. Il n'y avait rien aujourd'hui. Il referma la boîte aux lettres, grinçante, et s'élança vers les escaliers.

Sa mère n'habitait qu'au deuxième étage et un peu d'exercice ne lui ferait pas de mal. En montant, il se cogna contre un homme grand à larges épaules qui portait une chemise blanche à col Mao, une veste et un pantalon noir. Il leva la tête pour s'excuser et se figea lorsqu'il posa les yeux sur son visage. Il recula d'un pas. Il n'eut pas le temps de crier que l'homme le frappa à la tête. Il perdit connaissance.

Lorsqu'il se réveilla, il était en sous-vêtement, ligoté par les poignets au plafond dans ce qui semblait être une cave. Ce sentiment de nudité s'accentua lorsqu'il sentit l'air passer sur son crâne, habituellement recouvert d'un postiche. Le froid de l'automne commençait à pénétrer son corps ; il pouvait voir son souffle s'échapper de sa bouche. Face à lui, cet homme l'observait avec désinvolture, presque blasé. Il avait un couteau à la main. Le conseiller le regarda plus longuement et le reconnut. Il dit d'une voix tremblante :

— Vous... Vous êtes le sujet numéro deux ?
— Oh, je vois que vous me connaissez. Pourtant, je ne me souviens pas avoir été présenté.
— Je connais votre père.
— Je n'ai pas de parent.
— Pardonnez-moi... Je voulais dire... Celui qui vous a créé, le professeur Daniil.
— Sauriez-vous où il se trouve ?
— La dernière fois que je l'ai vu, il était en Allemagne.
— Et maintenant ?
— Je ne sais pas.
— Vraiment ?
— Je vous le jure.
— Ne me forcez pas à me salir.

Deux récupéra le tablier blanc qui était posé sur une chaise installée derrière lui et le revêtit. Il approcha la lame du visage de l'homme et lui demanda :

— Dites-moi, quelle relation entretenez-vous avec Daniil et surtout avec Jonathan ?

— Jonathan ? C'est lui qui vous envoie ?

— Qu'importe. Cela ne changera rien à votre situation actuelle. Vous avez quelques aveux à me faire. Ensuite, je vous laisserai tranquille.

Deux traça le contour du visage du conseiller avec sa lame et s'arrêta au milieu de la nuque. Là, il enfonça la pointe du couteau assez profondément pour commencer à le dépecer vivant. L'idéal était de commencer par la colonne vertébrale, mais il n'avait aucune intention d'aller jusque-là. Il devait juste lui faire suffisamment mal pour qu'il parle.

Cette technique, il l'avait apprise en Mongolie lors d'un voyage avec son créateur. Une fois son apprentissage terminé, les villageois avaient prié leurs invités de partir. Effectivement, Deux avait brûlé d'impatience à l'idée de s'exercer sur un être humain et cette aura morbide avait inquiété le chef du village. Il avait dû attendre leur première mission de torture avant de pouvoir mettre cette technique en pratique et même là, il n'avait pas pu dépecer tout un corps, seulement un bras. La curiosité le piqua de nouveau et il se rendit compte qu'il aurait mieux fait d'attacher le conseiller à une broche, comme une de ces chèvres sur lesquelles il s'était exercé.

L'homme commença à hurler. Deux lui enfonça un mouchoir dans la bouche pour ne pas l'entendre et continua son œuvre méticuleusement. Au bruit que faisait la peau qui se décollait du muscle, il savait qu'il exécutait correctement son ouvrage. Tout à coup, l'homme acquiesça de la tête. Deux lui lança un regard dubitatif, la lame dans le vent. Il lui enleva le bâillon et dit, étonné :

— Déjà ? J'ai à peine commencé votre bras.

— Vous êtes fou ! Laissez-moi tranquille. Écoutez, je peux vous rendre votre liberté. J'ai ce genre de pouvoir. Je peux... Je peux vous donner une identité, de l'argent.

— Je peux aussi le faire. Me forger une nouvelle identité et trouver de l'argent.

— Vous n'aurez pas besoin de travailler pour l'obtenir. Je... Je peux vous le donner... Comme ça.

— Rien n'arrive « comme ça ». Tout à un prix.

Il laissa retomber la lame sur l'épaule de cet homme. Elle continua son chemin.

— Chut. Écoutez ce bruit. C'est dommage que vous ne puissiez pas apprécier mon travail. Vous faites tellement de bruit. Le problème avec vous autres, les cols blancs, c'est qu'une fois sorti de votre bureau, vous ne servez plus à rien.

— C'est bon, ça suffit ! Je sais où se trouve Dan.

— Où est-il ?

— En Angleterre.

— Où exactement ?

— Je ne sais pas.

Deux plongea son doigt dans le morceau de muscle nu de Stefan. Ce dernier poussa un cri strident qui étonna le sujet. Par curiosité, il enfonça un deuxième doigt dans la chair. Le conseiller finit par se faire pipi dessus.

— Où est-il exactement ?

— Il n'a pas voulu me le dire. Pour sa sécurité. Je vous le jure. Je vous en supplie, arrêtez.

— Quoi ? Ça ?

Deux planta à nouveau son doigt dans l'épaule de Stefan, qui hurla de plus belle. Cela le fit rire.

— Pardon, j'oublie mes manières. On ne rit pas pendant une torture. Il faut rester sérieux. C'est du travail, pas un jeu. Bon, où en étions-nous ? Ah oui, Jonathan. Qui est-il ?

— Un docteur... Il connaît Daniil. Ils se connaissent, ils étaient rivaux. Quand Daniil est parti, Jonathan m'a supplié de l'aider à prendre sa place. Il voulait vraiment travailler sur vous.

— Avec l'aide du gouvernement, pour obtenir ce rôle de... directeur de la recherche secrète ? Ou quelque chose comme ça.

— Oui... Oui, c'est ça.

— C'est vous qui avez choisi le successeur de Daniil ? Êtes-vous celui auquel je dois en vouloir ?

— Non... Le gouvernement ne lui a pas laissé d'autre choix que de partir. J'ai juste mis Jonathan en avant.

— Mais ils nous ont déjà abandonnés une fois, alors pourquoi revenir ?

— Parce qu'on ne peut pas laisser des armes comme vous dans la nature. En plus, le gouvernement a investi sur vous. Puis, Jonathan a réussi à les convaincre de votre utilité pour ce vaccin...

— Ah oui, le fameux vaccin. Il faudra vous faire une raison, vous et moi ne sommes pas compatibles. Comment dites-vous, déjà ? Oui. Oui, voilà. Ça me revient. Des monstres. Nous ne sommes que des monstres, après tout.

Deux laissa échapper une droite, de colère.

— Non... Non...

Stefan cracha du sang et son souffle devint un sifflement.

— Il me faut une piste plus sérieuse pour Dan.

— Mort... À l'heure qu'il est, il est... il est sûrement mort.

— En avez-vous la preuve ?

— Dans mon bureau... Le tiroir fermé à clé.

— Vous devenez bavard. C'est bien. Même si ça gâche mon plaisir. Qu'en est-il de cette histoire de trahison ? Vous nous avez vendus aux Chinois ? Aux Français ? Non, ce n'est pas leur genre. Aux Américains ? Hum... Je vous vois bien nous vendre aux Américains. Faites oui de la tête si j'ai raison.

Le conseiller remua vivement la tête de gauche à droite. Deux soupira et continua. La chair du bras gauche pendait et sa victime ne cessait de nier. Deux savait qu'il n'en tirerait plus rien de bon.

— Jonathan ne veut pas que je vous tue. Il a dû beaucoup apprécier votre geste. Je savais qu'il était le genre d'homme à aimer le pouvoir et à avoir de l'ambition. Rien qu'à sa tête et à sa coupe de cheveux. Un vrai fonctionnaire. J'aurais dû m'en douter. D'ailleurs, que pensez-vous de sa coupe de cheveux ? Vous devez être jaloux vu votre calvitie.

— Laissez-moi tranquille... Vous savez tout, maintenant.

— J'ai tellement envie de dépecer un être humain de la tête aux pieds. J'en rêve depuis tellement longtemps, vous savez.

— Ce... n'est pas votre mission.

— Où croyez-vous pouvoir aller dans cet état ?

— Je... Je ne dirai rien.

— Oh ça, j'en suis sûr.

Deux sortit son arme de sa veste. Il pointa le pistolet Makarov sur le front de sa victime.

— Je n'ai pas le temps de finir. Je dois rentrer dans six jours, ce qui me laisse à peine le temps de faire un crochet par l'Angleterre.

— Non ! J'ai une femme et des enfants !

Deux haussa les épaules et tira.

24.

Le sujet Numéro Deux rentra au bout de deux jours, au beau milieu de la nuit. La preuve qu'il avait trouvée dans le bureau du conseiller l'avait convaincu de la mort du professeur Daniil. Désormais, il cherchait qui était l'auteur de ce meurtre.

Tout naturellement, personne ne l'attendait dans le hall d'entrée. Il monta l'escalier en bois qui menait à l'étage, pensif. Une fois devant la porte de leur chambre, il hésita. Finalement, doucement, il appuya sur la poignée et se faufila à l'intérieur.

Assise sur son lit, les yeux dans le vague, le sujet Numéro Un portait son pyjama blanc brodé. Deux longues couettes tombaient de part et d'autre de ses épaules. Elle psalmodiait des mots que Deux n'arrivait pas à lire sur ses lèvres. Il s'approcha et posa une main sur son épaule. Elle sursauta.

— Un ? Est-ce que ça va ? Tu ne dors pas ?
— J'ai fait un cauchemar...
— Es-tu partie en mission sans moi ?

— Je n'aime pas les missions...
— Pourquoi as-tu accepté ?
— Parce que je n'avais pas le choix. Non.

Elle remua la tête. Sa voix était celle d'une petite fille qui détonnait maintenant avec sa taille de jeune fille. Ses mouvements sonnaient faux ; il avait presque l'impression de voir quelqu'un d'autre.

— Quelle était la mission ?

Elle haussa les épaules et fit la moue.

— Quand es-tu rentrée ?
— Je ne sais pas. Pourquoi me poses-tu toutes ces questions ?
— Pardon...

Deux ouvrit la bouche, puis la referma. Il ne savait pas quoi dire. Soudain, il se souvint du dossier sur Daniil et secoua la tête. Ce n'était peut-être pas le meilleur moment pour lui apprendre la nouvelle. Après quelques minutes d'hésitation, il lui demanda :

— Es-tu au courant pour Daniil ?
— Daniil ? Il est parti et il a laissé Jonathan pour le remplacer. Il s'occupe bien de moi. Il me soigne pendant les cures.
— Une cure ? Pour quoi faire ?
— Les voix.
— Quelles voix ?

Tout à coup, son regard se remplit d'effroi. Elle posa ses mains sur sa tête et ferma les yeux.

— Qui es-tu ? Où est Numéro Un ?

L'agitation soudaine du sujet s'estompa. Son regard se vida de toute émotion, ses lèvres se détendirent. Elle leva la tête vers lui comme une poupée et lui dit d'une voix monocorde :

— Expérience numéro trois, schizophrène. J'ai tué mes parents à cause des voix. J'ai tellement peur d'elles...

Deux recula de quelques pas. Il aurait aimé que tout cela ne soit qu'un cauchemar. Son instinct lui indiquait que c'était bien Numéro Un qui se trouvait devant lui, mais ce qu'il voyait et entendait n'avait rien à voir avec la personne qu'il connaissait.

« Tu dois la protéger. Coûte que coûte. Même si elle refuse et peu importe la situation. » Telles étaient les dernières paroles de Daniil à son égard. Néanmoins, personne ne l'avait préparé à faire face à cette situation. Il savait courir assez vite pour la sortir de n'importe quel danger, assassiner toute personne qui oserait la toucher, extirper des informations et même faire semblant d'être quelqu'un d'autre si cela lui permettait d'atteindre son but et de préserver sa sécurité. Mais ce soir, face à elle, il se sentait totalement démuni. Il reprit calmement :

— De quoi parles-tu ? De qui as-tu peur ?

— Les voix... Tu ne les entends pas, toi ?

— Écoute, il n'y a personne à part nous. Juste ta voix et la mienne.

— Oui... ta voix. Parle-moi, s'il te plaît.

Il s'assit près d'elle et la prit dans ses bras. Il lui raconta ce qu'il avait vu dehors. La nourriture, la politique, l'architecture. Il lui détailla tout, jusqu'à ce qu'elle s'endorme. Il la serra fort dans ses bras, comme pour retenir les derniers morceaux d'elle. Mais il le sentait au fond de lui. Il l'avait perdue.

25.

Paul Lascarov fit irruption au milieu de la nuit dans la chambre de Jonathan. Le nouvel assistant joufflu était arrivé il y a quelques mois de ça avec de nouveaux membres du personnel. Il venait tout droit du sous-sol et se déplaçait à pas feutrés pour ne pas attirer l'attention. Il semblait alarmé. Son souffle était court et son visage rouge. Chargé de la surveillance ce soir-là, il devait veiller à ce que le sujet numéro un reste sagement dans ses quartiers grâce aux caméras de surveillance qui avaient été installées dans la chambre des sujets à leur insu. Une fois au chevet de Jonathan, il le secoua énergiquement, oubliant toute politesse envers son patron.

— Docteur. Docteur, réveillez-vous. C'est Deux. Le sujet numéro deux est rentré.

— Quoi ? Où est-il ?

Jonathan se redressa et attrapa ses lunettes, posées sur la table de chevet. Il enfila ses chaussons avant de suivre Paul jusqu'au sous-sol. Une fois dans la petite salle de surveillance située près de l'entrée, il installa le casque sur ses oreilles afin d'entendre ce que se disaient les sujets.

Le docteur n'avait pas prévu le retour anticipé du sujet numéro deux. Connaissant cette tête de mule, il avait pensé qu'il rentrerait plus tard. Cela contrecarrait ses plans. Du moins, il le craignit jusqu'à ce qu'il entendît leur discussion et vit Numéro Deux se glisser dans le lit de Numéro Un et la serrer dans ses bras. C'était inespéré. Lui qui avait cru devoir ruser afin de lui faire accepter la situation.

— Que se passe-t-il, monsieur ?
— Chut, je n'entends pas bien ce qu'ils se disent.

Jonathan ne fut que plus rassuré lorsqu'il constata que Numéro Un semblait se sentir bien et ne plus paniquer. Sa bouche esquissa un sourire de contentement. Il retira son casque et tapota l'épaule de Paul.

— Revenez me voir si la situation dégénère. Cependant, je pense qu'ils vont s'endormir gentiment.

***

Deux à quatre heures par nuit. C'était le temps de récupération minimum nécessaire dont les sujets avaient besoin. Les assistants en charge de leur surveillance avaient pu confirmer les notes du professeur Daniil. Si ne serait-ce qu'un tiers de ses notes se révélaient justes, Jonathan était sur le point de créer quelque chose de grand. Ce professeur ayant déjà menti plusieurs fois par le passé, le docteur Zaystrev prenait chaque information avec des pincettes. Puis il n'oubliait pas les fantasmes des personnes qui l'avaient recruté. Jonathan était venu jusqu'ici pour anéantir le projet de ce professeur, le ridiculiser. Par la même occasion, il comptait prouver que ses propres théories fonctionnaient et étaient bien meilleures que les chimères de ce savant fou. Pourtant, aujourd'hui, la reconnaissance qu'il pourrait récolter grâce à ce vaccin l'intéressait au plus haut point. Ce projet représentait désormais tellement plus qu'une simple vengeance et l'obtention d'un poste de directeur.

Penché sur le dernier rapport de Paul, le docteur était impatient d'appeler son correspondant à Moscou pour lui annoncer quelques bonnes nouvelles.

— Monsieur, c'est le docteur Zaystrev. Je voulais vous dire que tout se passe à merveille. Nous pouvons vous assurer que le sujet numéro un est sous contrôle. Elle fonctionne parfaitement bien. Nous avons encore plusieurs essais à faire sur d'autres tableaux, mais les premiers résultats sont très encourageants.

— Et le sujet numéro deux ?

— C'est la bonne nouvelle du jour. Il prend très bien les choses. Son traitement se déroule comme prévu. Je pense même pouvoir en faire une pièce maîtresse de l'expérience.

— C'est une bonne chose. Attendons de voir comment se déroule la suite. Ne vendons pas la peau de l'ours avant de l'avoir tué.

2 6.

À son réveil, Deux fut convié pour la première fois à participer à une de ces cures.

Ces séances se déroulaient dans la salle des tortures ; comme ils l'appelaient entre eux. Dans le cadre de leur entraînement, ils réalisaient des sessions de torture dans cette petite pièce de cinq mètres sur cinq. Entrer ici le mettait toujours mal à l'aise. Son corps se raidit et il se mit instinctivement sur ses gardes, craignant de trouver derrière la porte leur instructeur. À la place, un nouvel assistant joufflu au ventre bien rond apparut. L'homme se tenait devant la vitre sans teint de l'antichambre.

— Tu seras notre tour de contrôle, lui expliqua l'homme joufflu, le sortant de ses pensées.

— Nous n'avons pas été présentés.

— Pardonnez-moi, monsieur Numéro Deux.

L'assistant, gêné, passa une main dans sa chevelure clairsemée.

— Je m'appelle Paul. Je suis l'un des nouveaux assistants du docteur Zaystrev.

— Quand êtes-vous arrivé ici ?

— Je suis arrivé il y a maintenant trois mois.

Deux le dévisagea de haut en bas. Il n'avait pas souvenir de l'avoir croisé dans les couloirs de la dépendance. Néanmoins, il n'était plus souvent présent.

— Bon... Eh bien... Je ne sais pas si le docteur vous l'a expliqué, mais Numéro Un est... Elle n'est plus vraiment parmi nous. Nous pensons que le traumatisme de sa croissance a créé des alter ego, certainement empruntés à tous les rôles qu'elle a endossés durant ses missions.

— Venez-vous de m'annoncer que Numéro Un est morte ?

— Non, pas du tout. Vous voyez bien qu'elle est là.

L'assistant se mit à rire nerveusement.

— Où est Jonathan ? Je dois le voir.

— Le docteur est occupé. C'est pour ça que je suis là. Comme je disais, nous pensons que votre voix peut la ramener. La guider hors de sa torpeur. Et aussi contrôler les autres.

— Je ne veux pas vous aider à la détruire.

— Au contraire, nous vous demandons de l'aiguiller. Ne vous inquiétez pas. Tant que vous lui parlez, tout est sous contrôle.

— Hier soir, elle était quelqu'un d'autre. Qu'est-ce que c'était ?

— Vous avez eu affaire à une de ses personnalités expérimentales, qui nous permettent de la contrôler lors de ses missions.

— Pourquoi l'envoyer en mission dans cet état ?

— C'est la volonté du docteur, afin de recueillir un maximum de fonds. Vous aviez une vie compliquée avant.

Nous avons beaucoup de dettes à payer et la dépendance à remettre en état. De cette façon, nous optimisons nos revenus et avançons dans les recherches sans inquiétude. En plus, elle souhaitait repartir en mission, seulement, elle n'était pas assez stable pour cela. Maîtriser ces alter ego nous permet de la garder sous contrôle.

— Quand je suis allé la récupérer dans la banlieue de Moscou, ai-je aussi rencontré une de ces personnalités expérimentales ?

— Euh... Je ne sais pas. Je n'étais pas encore parmi vous...

— Comment puis-je la faire revenir ?

— Normalement, il suffit de le lui demander. Ne soyez pas étonné si cela ressemble à de l'hypnose.

— Cela ne fonctionne pas sur nous.

— Sauf qu'il ne s'agit plus d'elle. Enfin, plus tout à fait. Nous avons établi une sorte de code pour la contrôler. Pour le moment, elle n'écoute que le docteur Zaystrev, mais vous avez bien plus d'influence sur elle que nous ne le pensions. La démarche à suivre est la suivante : asseyez-vous face à elle, appelez-la « mademoiselle » en la regardant droit dans les yeux, puis posez-lui la question suivante : « êtes-vous prête à sauver l'humanité ? ». À ce moment-là, toute son attention sera fixée sur vous. Ainsi, vous pourrez invoquer la personnalité la plus adéquate pour la mission ou la faire revenir.

Numéro Deux le regarda, perplexe.

— Qu'entendez-vous par « personnalité adéquate » ? Combien y en a-t-il ?

— Nous en avons détecté quatre.

— Et pour le reste ?

— Nous apprenons à les connaître.

— Vous avez déjà essayé une de ces personnalités sur le terrain ?

— Numéro Un a effectué une petite mission sans vous la semaine dernière.

— Elle n'est pas censée partir en mission sans ma protection.

— Nous le savons, Deux. Mais n'ayez crainte, tout est sous contrôle.

— Je n'aurais pas de raison d'être inquiet si je l'accompagnais.

— Ce temps est révolu. Elle s'est montrée stable et efficace. Elle se débrouille très bien toute seule. Après tout, elle était seule avant votre arrivée.

— Pourquoi n'était-elle pas revenue à elle hier soir ?

— Nous ne vous attendions pas si tôt. En général, nous laissons les personnalités évoluer au sein de son corps afin qu'elle s'y habitue. Cependant, à la suite de la dernière mission, elle avait l'air secouée et nous n'avons pas réussi à la ramener. La personnalité numéro trois est plutôt fragile ; nous pensons qu'elle vient de l'enfance de Numéro Un. Un a toujours eu confiance en vous et hier soir, quand vous êtes rentré, elle a bien réagi.

— Comment savez-vous qu'elle a bien réagi ? le coupa Deux.

— Eh bien, elle n'a pas hurlé en vous voyant. Ou paniqué. C'est le genre d'attitude qu'elle peut avoir.

— Depuis combien de temps la connaissez-vous ?

— Nous avons réussi à la « capturer » peu après votre départ.

Paul marqua un temps d'arrêt. Deux observait Numéro Un à travers la vitre. Son visage ne trahissait aucune émotion. Il avait son air froid habituel. L'assistant avait le cœur qui battait fort et les mains moites. Les informations qu'on lui avait transmises concernant le sujet l'effrayaient. Son caractère imprévisible et colérique nourrissait son imagination et il se voyait tuer de mille et une manières au moindre faux pas.

— Nous pensons... reprit Paul, un peu hésitant. Nous pensons que si vous demandez à cette personnalité de partir, elle le fera. Seulement, personne ne sait si la prochaine qui apparaîtra sera Numéro Un ou une autre. C'est pour cela qu'il faut lui cacher l'existence des autres. Pour son bien. Nous ne sommes pas sûrs qu'elle le supporterait. Il faut aussi éviter de les faire partir, parce que nous ne savons pas qui reviendra.

— Je ne lui mentirai pas.

— Pour son bien, Numéro Deux. Afin qu'elle ne panique pas ou ne se laisse happer par une autre. C'est très dur pour elle. Je l'ai vue hors de contrôle et ce n'est pas agréable.

Deux jeta un coup d'œil vers l'assistant. Numéro Un se balançait d'avant en arrière, assise sur la chaise, face à la table. Cela lui rappela les heures de tortures psychologiques.

Un jour ou un soir, il était difficile de le savoir après avoir été enfermé au sous-sol trop longtemps, leur instructeur l'avait assis, attaché, devant cette même vitre sans teint. De l'autre côté, se tenant droite, concentrée afin de garder son sang-froid, Numéro Un avait attendu la fin de l'exercice. À ses yeux rouges, il avait su qu'elle n'avait sûrement pas dormi de la semaine. Ses cheveux humides lui avaient laissé imaginer qu'elle avait été plongée dans de l'eau glacée jusqu'à ce que l'impression de noyade lui fasse croire à la mort. Des heures durant, l'instructeur lui avait sûrement fait écouter ces enregistrements de personnes qui hurlaient à la mort. De simples inconnus pour Deux, qui manquait d'empathie et que cela laissait généralement de marbre. Mais ce n'était pas le cas pour Un.

Sa seule torture à lui avait été de la voir souffrir, attachée et assise à ne rien faire devant cette vitre. Leur instructeur, un général à la retraite d'une soixantaine d'années aux cheveux blancs et courts et à la mâchoire carrée, l'avait mis face à ses démons afin qu'il apprenne à se contrôler. Le général avait eu conscience de mettre sa vie en danger en agissant de la sorte, mais cela ne l'avait pas dérangé outre mesure, car il avait eu confiance en ses réflexes. Deux, à cette époque, manquait encore de finesse et de rapidité.

— Tu dois apprendre à te contrôler, Deux. Ton attitude pourrait faire échouer toute une mission et tes ennemis n'hésiteront pas à l'utiliser contre toi lorsqu'ils comprendront que c'est ton seul point faible. Apprends à garder ton calme, à analyser la situation. Dans cette pièce se trouve un moyen de la faire sortir. Toi seul peux le trouver. Tant que tu n'y arriveras pas, elle souffrira. À cause de ton sale caractère.

Il n'avait jamais réussi à se concentrer suffisamment pour trouver ce moyen. À chaque fois, l'instructeur l'avait fait sortir avant qu'il ne le trouve, pour sa santé mentale, disait-il. Pas étonnant qu'elle ait refusé de partir en mission avec lui à la suite de cela.

Cette fois encore, il aurait voulu se débarrasser de l'assistant, mais il ne le pouvait pas. Si ce qu'il disait était vrai, alors il était le seul à la comprendre et à pouvoir la guérir. Ce n'était plus un exercice, personne ne pouvait la sortir de son état. Lui, pour le moment, n'était qu'un catalyseur. La Numéro Un qu'il commençait à comprendre, qui l'acceptait enfin, venait de lui échapper.

— Êtes-vous prêt à entrer ?

L'assistant lui fit signe d'avancer. Il ferma la porte derrière lui et s'arrêta un instant au milieu de la pièce. À l'intérieur ne se trouvaient qu'une table en bois et deux chaises. L'ampoule au-dessus de la table plongeait l'endroit dans une semi-pénombre. L'air était vicié. Certainement dû au manque d'aération de la pièce.

Numéro Un était méconnaissable. D'habitude si paisible, elle se frottait frénétiquement la tête en murmurant, recroquevillée sur elle-même, se balançant toujours d'avant en arrière. Il s'approcha doucement et posa une main sur la table, devant elle. Elle se protégea et évita d'abord son regard. Quand il s'assit face à elle, elle se fit encore plus petite. Il attendit sans rien dire et l'observa, sous le choc. Après un moment, elle osa enfin le regarder. Ses pupilles se dilatèrent et tout dans son regard le suppliait de l'aider. Il lui attrapa la main posée sur la table et dit doucement :

— Mademoiselle, êtes-vous prête à sauver l'humanité ?
— Oui, je le suis. Quelle est ma mission ?

Il s'arrêta un instant, bouche bée. Son agitation s'était brusquement estompée. À présent, elle le fixait, sans expression. Comme une poupée. Le timbre de sa voix devint monocorde, comme la première fois qu'elle lui était apparue possédée.

— La mission est terminée, maintenant. Vous pouvez vous reposer.

Tout à coup, son corps se relâcha. Il se leva pour la rattraper avant que sa tête ne s'écroule sur la table. À peine finit-elle dans ses bras qu'elle retrouva ses esprits et sembla se réveiller d'un long sommeil.

— Tu es là ?
— Oui, je suis là.
— Je suis toujours en cure ?
— Oui.
— Je n'aime pas cette salle. Elle me rappelle de mauvais souvenirs.

— Moi aussi. Sortons d'ici.

27.

Cela faisait peu de temps que Diana Arkadievna était arrivée au manoir. Elle avait été recommandée par un de ses oncles auprès de Jonathan afin de remplacer l'ancienne infirmière. Son mari, amateur de jeu, les avait endettés et ce travail représentait une opportunité pour elle de rembourser leurs dettes et de partir avec ses enfants ; qu'elle avait laissés à sa mère. Une seule année lui suffirait pour réaliser ce rêve. Tout ce qu'il lui fallait faire, c'était survivre dans ce coin reculé du monde, coupé de tout et s'occuper de « sujets ». On ne lui avait pas dit grand-chose sur eux. Elle n'était pas sûre de ce qu'ils étaient, mais cela ne l'intéressait pas. Tout ce qui l'intéressait, c'était son objectif.

Vera lui avait présenté les autres employés et ouvriers. Cela faisait un an qu'elle et Edna travaillaient ici. Elles avaient obtenu deux semaines de repos, avant de revenir avec elle. Cela avait été leur seul moment de répit hors de ces murs. Elles lui avaient expliqué que la vie au sein de la dépendance était difficile. Surtout pendant l'hiver. Lorsqu'ils étaient totalement coupés du monde. Toutefois, les sujets étaient devenus plus dociles depuis l'arrivée du docteur Zaystrev. D'ailleurs, Vera ne tarissait pas d'éloges sur le sujet mâle.

— Est-ce que tu l'as vue l'autre jour avec son veston et sa chemise. Il est tellement élégant. Tu as de la chance de pouvoir l'ausculter Diana. Comme j'aimerais...

— Tu aimerais plutôt que ce soit lui qui t'ausculte, l'interrompit Edna en rigolant.

— Oh, voyons Edna. Certainement pas.

Vera rougit et lui donna une tape sur l'épaule. Les deux femmes étaient en train de se coiffer devant les miroirs au-dessus des lavabos.

Diana sortit de la douche et alla se changer. Elle revêtit son uniforme d'infirmière. La séance de la veille auprès du sujet Numéro Un la hantait encore. Ses hurlements, son agitation, son corps parcouru de spasme et cette rage qui lui dévorait les yeux. Elle se demandait si ce qu'elle faisait n'était pas répréhensible. Malgré cela, elle refusait d'avoir des états d'âme. De plus, le docteur Zaystrev lui avait assuré que Numéro Un n'était pas humaine, que c'était un monstre à dompter. Et pourtant, son regard à la couleur d'une pierre précieuse étincelait de ces émotions violentes difficiles à ignorer.

Diana arrangea ses cheveux blond foncé en un chignon et prit une profonde inspiration. Peu importe ce qui se passait ici, cela ne l'intéressait pas. Elle travaillerait, gagnerait cet argent, paierait ses dettes et partirait avec ses enfants.

Trois petits coups se firent entendre à la porte.

— Madame Arkadievna, le sujet numéro deux est rentré. Vous devez l'ausculter. Il vous attend à l'infirmerie.

— Très bien, j'arrive tout de suite.

Elle salua Paul, le bras droit du docteur, à la porte et descendit cet imposant escalier en bois marron foncé. Elle observa un instant la nature qui les entourait. Les arbres étaient nus, l'hiver était là, mais il ne neigeait pas encore. Ses collègues l'avaient prévenue que les hivers étaient rudes et les nuits très longues.

Une fois devant l'infirmerie, elle toqua, puis entra. Elle s'immobilisa dans l'encadrement de la porte. Le sujet Numéro Deux était assis sur la table d'auscultation, torse nu. Derrière lui se dessinait comme un halo divin provenant de la fenêtre, l'encadrant comme s'il s'agissait d'un portrait d'un dieu. Ses muscles étaient comme taillés dans le marbre. Son regard avait la même profondeur que celui du sujet Numéro Un. Il la dévisagea, un sourcil levé.

— Qui êtes-vous ?
— Je... Je... suis la nouvelle infirmière.
— Où est Mathilda ?
— Partie. Elle devait se marier.
— Je vois. Comment puis-je vous appeler ?
— Euh... Eh bien, je suis madame Diana Arkadievna.
— Je suis le sujet Numéro Deux. Mais on a déjà dû vous le dire.
— Oui, c'est exact.

Il esquissa un sourire qui provoqua chez elle une légère palpitation. Elle comprit mieux l'excitation de Vera. Il ne semblait même pas se rendre compte de l'effet qu'il produisait. C'était si naturel. Cela ne faisait que le rendre plus charmant aux yeux de Diana, qui doutait de plus en plus de la version du docteur sur le fait qu'ils soient des monstres.

Soudain, elle se souvint que la porte était ouverte et la ferma.

— Veuillez m'excuser.
— Ce n'est pas grave.

Elle resta debout devant lui, la bouche entrouverte. Elle réalisa qu'elle ne savait pas quoi faire. On ne lui avait pas dit grand-chose sur ce propos. Numéro Deux comprit et pencha la tête vers la gauche, compatissant. Ses lèvres affichèrent de nouveau ce doux sourire et ses yeux se remplirent de malice.

— Ils ne vous ont rien dit ?
— Que devaient-ils me dire ?
— Quand êtes-vous arrivée ici ?
— Il y a deux jours.
— Vous ne savez pas pourquoi vous devez m'ausculter ?
— Eh bien... Si j'ai bien compris, vous rentrez de mission. Vous avez sûrement dû vous blesser. Avez-vous mal quelque part ?
— C'est à vous de me le dire.
— Comment ?
— Vous devez m'ausculter parce que je ne ressens pas la douleur. Je doute que je me sois cassé quelque chose pendant cette mission. Cependant, à moins de voir du sang, je ne saurais le dire moi-même.

Diana écarquilla les yeux. Elle ne voyait pas comment cela était possible. Puis, repensant au sujet Numéro Un qu'elle avait vu hier, elle se demanda quelle faculté celle-ci pouvait bien avoir.

— Très bien. Dois-je vous faire passer une radio ?
— Seulement si vous le jugez utile.
— Je dois... Je dois vous toucher ?
— Oui.
— Je peux ?
— Je vous en prie.

Elle s'approcha timidement de lui et posa sa main froide et tremblante sur la sienne. Elle fut étonnée par la douceur de celle-ci. Lorsqu'elle la retourna, elle chercha en vain des lignes sur sa paume. Elle tâcha de ne pas montrer son malaise.

— Pas d'empreintes, pas de traces. Un est pareille. Vous ne l'aviez pas remarqué ?

— Non...

La veille, dans l'agitation, elle n'avait pas fait attention aux mains du sujet Numéro Un. C'était donc dans les détails qu'ils n'étaient pas complètement similaires aux humains.

— Comment s'est passé votre entretien avec elle hier ?

— C'était compliqué. Enfin, votre semblable est très malade. Le docteur a ordonné de la mettre sous calmant. Plus tard dans la journée, il est retourné la voir. Elle semblait avoir l'esprit plus clair.

— S'est-elle montrée violente ?

— Oui. Elle a essayé de mordre l'assistant, Paul. Et m'a brutalement bousculée.

— Avez-vous peur d'elle ?

— J'ai plutôt peur pour elle. Mais j'ai bon espoir que le traitement du docteur l'aide.

— Vous devriez appuyer plus fort si vous voulez sentir quelque chose.

Diana avait timidement commencé à tâter le bras du sujet. Ses muscles étaient denses et malgré le fait qu'elle sache qu'elle ne pouvait pas lui faire mal, elle avait peur d'appuyer. Finalement, elle posa sa main sur son torse et rougit. Elle passa dans son dos et fut impressionnée par le dessin de ses dorsales qu'elles n'avaient vues aussi bien dessinées que pendant ses cours à l'école d'infirmière. Lentement, elle posa sa main sur ses trapèzes et descendit le long de sa colonne. Ses poils se hérissèrent le long de ses bras. Elle termina par son autre bras et lui dit :

— Je pense que ça ira. Tout va bien.

— Vous n'avez pas vérifié mes jambes, remarqua Deux en se redressant afin d'enlever son pantalon. Il m'arrive souvent de me blesser la cheville ou le pied.

Par réflexe, l'infirmière se cacha les yeux. Deux rit légèrement.

— Vous n'allez pas pouvoir m'ausculter si vous gardez les mains sur vos yeux.

Elle releva la tête et écarquilla ses yeux bleu clair.

Deux lui fit signe d'approcher et écarta les jambes.

— Dépêchez-vous, s'il vous plaît. Je dois parler à Jonathan.

Diana acquiesça et termina son auscultation. Il quitta la pièce en la remerciant. L'infirmière s'affala sur le fauteuil près de la table. Son souffle était court. Elle allait devoir s'habituer à cet individu si cette situation venait à se reproduire.

28.

Deux se dirigea vers le bureau de Jonathan, qui se trouvait de l'autre côté de l'escalier. Il toqua, mais n'eut aucune réponse. Il essaya d'ouvrir la porte, mais elle était fermée. Un employé vêtu d'une blouse sortit du dortoir des hommes à la hâte. Il avait des cheveux noirs et un air quelconque de scientifique stressé au bec d'oiseau.

— Vous, là.

L'homme sursauta et lui opposa sa main en signe de protection. Deux se demanda ce que pouvaient bien se raconter ces employés entre eux pour avoir si peur de lui.

— Où est Jonathan ?

— Le docteur Zaystrev est au sous-sol avec le sujet numéro un. Elle ne se sentait pas très bien ce matin.

— Qui êtes-vous ?

— Je suis Youri, un des assistants du docteur.

— Quand êtes-vous arrivé ?

— Il y a deux jours.

— Combien sont arrivés avec vous ?

— Hum, eh bien...

L'homme fit mine de compter sur ses doigts.

— Je dirais cinq.

— À quels postes ?

— Une femme, l'infirmière. Deux assistants et deux ouvriers.

— Pour quoi faire ?

L'assistant reprit son souffle. Ce sujet lui faisait subir un vrai interrogatoire.

— Le docteur Zaystrev a de grands projets. Je suis sûr qu'il les partagera avec vous dès qu'il aura un peu de temps. Vous êtes un élément majeur de ces projets. Sur ce, je dois aller le rejoindre.

— Numéro Un remontera-t-elle ce soir dans notre chambre ?

— Nous l'espérons. Nous essayons de stabiliser son état afin qu'elle puisse reprendre le cours de sa vie.

— Je voudrais voir Numéro Un. Pas l'une de ces choses.

— Nous ne pouvons rien vous promettre, monsieur numéro deux.

Puis, l'homme s'éloigna d'un pas rapide vers le sous-sol.

Numéro Un revint peu avant minuit. Il l'entendit traîner des pieds le long du couloir, accompagnée de la nouvelle infirmière, Diana. Elle ouvrit doucement la porte et l'infirmière chuchota :

— Nous y voilà, mademoiselle. Ne faites pas de bruit, Deux doit sûrement dormir.

Deux resta silencieux et tourna la tête vers elles. Diana ne le remarqua pas, trop occupée à guider Un jusqu'à son lit. Il lui sembla qu'elle portait toujours son pyjama blanc et que ses cheveux étaient en bataille. Ses pas lents et hésitants lui firent redouter le pire. Était-ce encore l'expérience numéro trois qui était de retour ?

— Merci, Diana, dit-elle de sa voix forte habituelle.

Deux se redressa d'un bond sur son lit.

— Chut, mademoiselle. Votre ami dort sûrement.

— Non, il est réveillé.

L'infirmière se retourna et sursauta en découvrant Deux qui les scrutait dans le noir, assis sur son lit.

— Oh, Seigneur ! Vous m'avez fait peur, dit-elle en continuant de parler à voix basse.

— Ce n'est plus la peine de chuchoter, tout le monde est réveillé.

— Pensez aux autres qui dorment, répondit-elle toujours sur le même ton. Je vous laisse. Si vous avez besoin de moi, je suis à côté, dans le dortoir. Bonne nuit.

— Bonne nuit, Diana.

Tous les deux attendirent qu'elle sorte, puis ils se fixèrent un instant. La joie que Deux avait ressentie s'estompa. Numéro Un faisait tourner une mèche de ses cheveux autour de son index, la tête penchée vers la droite. Le rayon de lune éclairait délicatement une partie de son visage.

— Tu n'es pas Numéro Un, n'est-ce pas ?

— Qui ?

— Qui es-tu ?

La partie de son visage éclairé par la lune se détendit comme la première fois et elle lui dit d'une voix plate :

— Expérience numéro sept. La voleuse...

— Arrête.

Elle cligna des yeux et sa tête retomba vers la droite. Deux avança vers elle et prit son visage dans ses mains avant de prononcer les incantations que l'assistant joufflu lui avait enseignées. Ses yeux se fermèrent doucement et s'agitèrent rapidement sous ses paupières. Enfin, elle les ouvrit. Il s'éloigna d'elle et attendit encore un instant avant de lui demander :

— Numéro Un ?
— Où suis-je ?
— Dans la chambre. Il est tard.
— J'étais en cure ?
— Oui, c'est ça.
— Deux, je suis en train de devenir folle. Je... Je suis désolée.
— Pourquoi dis-tu cela ? Tu as repris l'entraînement et tu n'as plus mal. Tout va mieux.
— Non... Non, ça ne va pas. Je...
— Allons-nous coucher. Tu as l'air épuisée.

Il passa une main dans ses cheveux, pensif. Ses traits étaient tirés, son regard hagard. Ses mains tremblaient et elle remuait la tête de gauche à droite de temps à autre comme si elle discutait avec un être invisible. Elle attrapa fermement la main que Deux avait glissée dans ses cheveux et la garda un moment, puis elle la lâcha et se coucha dans son lit. Deux retourna dans le sien.

Au milieu de la nuit, il l'entendit gémir et parler dans son sommeil. Son corps était agité et ses draps étaient trempés de sueur. Il l'appela plusieurs fois pour la réveiller. Finalement, elle se tourna lentement vers lui, les yeux grands ouverts.

— Est-ce que ça va, Un ?
— Je... Ai-je accepté une mission ?
— Oui. Tu ne te souviens pas ?
— J'ai tué ces personnes...
— Non. Je l'ai fait. Tu n'as rien fait. Tu n'aurais jamais pu tuer qui que ce soit.

En un sens, ce n'était pas tout à fait un mensonge. Ce jour-là, ce n'était pas son esprit qui avait habité le corps qui avait assassiné ces gens.

— Pourquoi as-tu fait cela ?

— Pour que tu n'aies pas à le faire et pour qu'ils nous laissent tranquilles.

— Je suis désolée. Merci.

Il attrapa sa main et la caressa. « Moi aussi je suis désolé, » pensa-t-il.

— Rendors-toi, maintenant. Et n'aie pas peur, je suis juste à côté. Je veille sur toi. Comme toujours.

— Merci.

Il déposa un baiser sur son front et retourna se coucher dans son lit. Elle se rendormit calmement.

La nuit suivante, ce fut de nouveau l'expérience numéro sept, la voleuse qui aimait enrouler une mèche de cheveux autour de son index, qui apparut. Il la congédia comme la veille. De la même manière, Un se réveilla en sueur dans la nuit, à cause des cauchemars. Ce cycle continua durant toute la semaine. Deux en perdit le sommeil.

Au bout du sixième soir, alors qu'il venait de la border, il ferma les yeux quelques secondes, épuisé. Lorsqu'il les rouvrit, elle n'était plus dans son lit. La couverture avait aussi disparu. Il sauta hors de son lit et la chercha dans l'obscurité. La chambre était vide. Il se rendit précipitamment dans le couloir. C'est alors qu'il aperçut, accroché à un barreau du garde-corps de l'escalier, un tissu blanc qui semblait se balancer. Le bruit d'un drap tendu ainsi que des glapissements résonnaient dans le hall d'entrée. Il lui fallut quelques secondes avant de comprendre ce qui se passait. À l'autre bout du drap, s'agitant dans tous les sens, le corps de Numéro Un pendait comme un fantôme au-dessus du vide.

Il retourna en courant dans sa chambre. Dans le dortoir des employées, Vera et Edna se trouvaient à la porte, essayant de comprendre ce qui se passait. Elles virent le sujet Numéro Deux courir dans un sens, puis dans l'autre, un couteau de chasse à la main. Il se précipita vers le garde-corps qui surplombait le hall et coupa le drap.

En dessous, Jonathan, qui était descendu alerté par le bruit, tituba avant de tomber en arrière, servant de coussin d'atterrissage à Numéro Un. Deux dévala l'escalier, puis récupéra sa partenaire avant de retourner dans leur chambre et de verrouiller la porte. Dans cet état, il était hors de question pour lui que quiconque approche Numéro Un.

Ils restèrent ainsi un moment, en silence. Il entendit Jonathan frapper à la porte.

— Sujets numéro un et deux, veuillez sortir. Nous devons examiner Un.

Ils ne répondirent pas. Finalement, après une demi-heure, Jonathan abandonna.

— Pourquoi ? demanda Deux.

Elle baissa la tête afin d'éviter son regard et ne répondit pas. Cette réaction le frappa. Jamais Numéro Un n'avait baissé les yeux face à lui. Jamais elle ne s'était montrée si faible.

— Numéro Un, pourquoi ? S'il te plaît. Explique-moi.

— Je suis désolée. Je... Je ne contrôle plus rien. Là-dedans... dit-elle en pointant sa tête d'un doigt tremblant avant de se frapper plusieurs fois le front. C'est le chaos...

Elle se mit à sangloter et plongea son visage dans ses mains. Deux sentit son monde s'ébranler. Numéro Un, qui était d'habitude si forte, qui savait garder son sang-froid en toute circonstance, était en train de s'étioler face à lui. Quant à lui, il ne savait pas quoi faire pour l'aider. Pour la protéger.

Six mois après avoir rencontré Numéro Un, un événement qui restait encore un mystère pour Deux s'était produit. À l'époque, ils ne partageaient pas encore la même chambre et Deux dormait au grenier. C'était un matin, il était sorti de sa chambre tout là-haut pour prendre une douche au rez-de-chaussée. Tout le monde avait semblé affolé. Le professeur Daniil en particulier. Le lien qui unissait les sujets n'en était qu'à ses balbutiements. Deux avait senti la tension chez les employés et l'inquiétude dans les yeux de son créateur. Mais il n'avait pas ressenti celle de Numéro Un. L'instructeur aux cheveux blancs s'était occupé de lui durant le reste de la journée.

Dans l'après-midi, le professeur avait eu une discussion avec ce dernier. Même si le visage de son instructeur était resté stoïque, il y avait quand même aperçu de la tristesse. Après cet entretien, l'homme aux cheveux blancs lui avait dit :

— Tu as la faculté de protéger Un des autres. Ça, c'est le plus simple. Cependant, Numéro Un est plus qu'une protégée pour toi, n'est-ce pas ? Même si tu risques de ne pas comprendre ce que je m'apprête à te dire, tu ne dois pas l'oublier : le plus difficile pour toi, ce ne sera pas de la protéger de vos ennemis, mais bien de la protéger d'elle-même. Sauras-tu être à la hauteur ?

À cette question, il avait répondu par l'affirmative avec son assurance et son arrogance habituelles. Son instructeur s'était contenté d'hausser les épaules et de lui rétorquer :

— J'en doute.

Pourtant, aujourd'hui encore, même s'il ne se souvenait plus de cette discussion, son orgueil l'aurait poussé à répondre la même chose. Alors que de toute évidence, il en était incapable.

Il réfléchit un instant, assis dans son lit, face à elle.

— Le traitement que te donne Jonathan ne t'aide pas. Je ne sais pas ce qu'il te fait, mais ça ne fonctionne pas.

— Il essaie de faire en sorte que ça s'arrête. Mais c'est plus difficile que ce que je pensais. Et puis, il y a le vaccin... Il m'aide plus que tu ne le penses, Deux.

— J'ai du mal à le croire.

— Si... Il essaie...

Elle fixait ses doigts, qu'elle triturait nerveusement.

— La première fois que tu as vu Jonathan, tu l'as appelé par un autre nom que le sien, reprit Deux. Qui était ce docteur, celui qui était censé remplacer Dan ?

Elle sécha ses larmes et prit de profondes inspirations. Numéro Deux ne se souciait jamais de ce genre de détails. C'était elle qui s'occupait de la stratégie, des subtilités administratives et de la diplomatie. Elle réfléchit un instant et, comme si elle lisait dans son esprit, lui répondit avec un peu plus de consistance :

— Petrov.

— Crois-tu qu'il puisse t'aider ?

Un éclair de lucidité traversa son regard. Elle releva la tête et dit fermement :

— Trouve-le. Trouve le docteur Petrov.

La voir retrouver un peu ses esprits rassura Deux. Son corps se détendit d'un coup. Il la serra dans ses bras et poussa un soupir de soulagement.

29.

Cela faisait à peine deux mois que Youri Volkov était arrivé à la dépendance. Fraîchement diplômé de médecine, il avait effectué son internat auprès du docteur Zaystrev. Très intéressé par ses recherches sur le subconscient, il avait gardé contact avec lui. Lorsque son ancien professeur lui avait proposé ce poste au milieu de nulle part, il n'avait pas hésité une seconde avant d'accepter. Travailler auprès d'une personne pour laquelle il avait autant d'estime était une opportunité en or. Cependant, il était loin de s'imaginer qu'il se retrouverait de garde, dans un sous-sol, à surveiller et à noter les moindres faits et gestes de cobayes humains – ou tout du moins presque humains – dans un carnet, durant toute la nuit.

Le sujet numéro un était d'une beauté insoupçonnée. S'il n'avait pas lu son dossier, jamais il ne se serait douté de ce qu'elle était vraiment. Ce que leur avait laissé le professeur Daniil était une prouesse scientifique incroyable. Son enthousiasme se réveilla à cette pensée et il se concentra de nouveau sur les écrans.

Comme tous les soirs depuis une semaine, il laissait le sujet numéro un remonter après avoir pris ses médicaments. Et comme tous les soirs, le sujet numéro deux la ramenait. Ce procédé était impressionnant et ne faisait que renforcer chez Youri l'idée que le docteur Zaystrev était un génie, digne d'un prix Nobel. Totalement déboussolé, le sujet numéro deux bordait numéro un qui, une fois les yeux fermés, faisait de violents cauchemars. À cela, le sujet numéro deux ne manquait jamais de se rendre à son chevet, totalement démuni face à la détresse de sa partenaire. Youri nota dans son carnet : « *Le sujet numéro deux manque cruellement d'intelligence émotionnelle. Malgré cela, il ne faillit jamais à être présent auprès d'elle et elle semble toujours le reconnaître.* »

Une fois dans les bras l'un de l'autre, ils se mettaient à chuchoter. Youri manquait à chaque fois d'entendre ce qu'ils se disaient. Il augmenta le son des écouteurs, mais ne perçut que le bruissement d'une conversation. Il défit sa cravate noire et plissa les yeux comme pour mieux entendre.

Numéro Un commença à s'agiter et à remuer la tête. Numéro Deux s'éloigna d'elle.

— Deux... J'ai tué des innocents...

— Qu'est-ce qui te fait dire ça ?

— Les cauchemars. Les sensations de vide. Le temps semble passer si vite... Je ne vais nulle part sauf quand je me rends à cette cure... Cette fichue cure. Je ne me souviens jamais de ce qu'il s'y passe. Deux... Nous sommes en danger.

Youri retint son souffle.

— Je te l'ai dit, tu n'as tué personne. C'est moi qui m'en charge. Tu ne tueras personne sauf si tu en as envie. Maintenant, essaie de dormir.

Un sourire éclaira le visage de l'assistant. Totalement perturbé depuis la tentative de suicide, Deux avait l'air de ne plus écouter sa protégée. Il ne la croyait pas, ou alors faisait-il semblant ? Youri nota cela dans son carnet. Quant à Un, complètement déphasée, elle ne semblait même pas croire ce qu'elle disait. Elle se laissa border par Numéro Deux et avant qu'il se recouche, elle lui dit :

— Je suis en train de devenir folle. Tu es la seule personne en qui je peux avoir confiance.

Youri n'en perdit pas une miette et fut très fier d'aller trouver son mentor le lendemain matin afin de tout lui rapporter. Sous ses yeux, les cernes causés par cette nuit blanche se marquaient et il eut du mal à s'empêcher de bâiller.

— Ils répètent toujours le même schéma. Comme vous l'aviez prévu, docteur, Deux semble perdre confiance en elle. Tout comme elle-même. Devons-nous continuer de le laisser faire ?

— Il finira bien par se rendre compte que ce petit manège est inutile. Je suis heureux de vous compter parmi nous. Vos nouveaux appartements vous plaisent-ils ?

— Ils me conviennent très bien. Je dois avouer que j'ai hâte que les travaux de l'aile Est se terminent pour avoir ma propre chambre.

— Je comprends. Mon prédécesseur était un bourreau de travail, au point d'en oublier les règles de confort élémentaire. J'espère que tout sera terminé avant l'été pour accueillir les nouveaux.

— À ce propos, permettez-vous que je les voie avant d'aller me coucher ? Comment se portent-ils ?

— Parfaitement bien. Vous pouvez passer les voir. Avant cela, dites au sujet numéro deux de venir me voir.

— Bien, docteur. Merci encore de m'avoir donné cette chance.

Youri sortit du bureau du docteur en bâillant. Il croisa Vera dans le couloir et lui adressa un grand sourire gêné, qu'elle lui rendit.

— À votre visage, je devine que vous étiez encore de garde ce soir ? demanda Vera.

— Oui. Ce fut encore une longue nuit. Je vais courir me coucher. Je ne pourrai pas manger votre délicieux petit-déjeuner, mais j'espère pouvoir déguster le déjeuner.

— Ce serait avec plaisir. Je tâcherai de préparer un bon petit plat pour vous donner plein d'énergie.

— Merci, Vera. Sur ce, bonne journée.

— Dormez bien, Youri.

Il la regarda descendre les escaliers, béat. Elle portait son uniforme de bonne et avait relevé ses cheveux en chignon. Il pouvait observer avec délice la blancheur de son cou.

Soudain, il se souvint de sa tâche. Il se donna une petite tape sur la joue avant d'aller toquer à la porte de la chambre des sujets. Ils n'étaient pas là. Dans son esprit ralenti par la fatigue, Youri tenta de se rappeler l'emploi du temps de Numéro Deux. Course à pied à l'aube, exercice, douche, petit-déjeuner avant les employés...

Un bruit de livre qui tombe résonna dans le couloir du premier étage. Youri se rendit dans la bibliothèque et trouva Un en haut de l'échelle. Deux était en train de se relever avec un livre à la main, qu'il tendit à Numéro Un. Ce matin, elle avait revêtu autre chose qu'un pyjama ou une blouse de patient d'hôpital et avait l'air presque normale dans sa robe bleue.

— Bonjour, sujets. Deux, le docteur Zaystrev souhaiterait vous voir dans son bureau.

— Vous avez l'air fatigué, Youri.

— J'ai mal dormi à cause des ronflements de Sergueï et Paul. Ils sont infernaux.

Il leur fit un signe de tête, puis se rendit au sous-sol. Au lieu de tourner à droite vers la cabine de surveillance, il tourna à gauche. Il présenta son badge et put pénétrer dans le laboratoire dédié aux prochaines expériences.

Irradiants dans des cubes de couleur ocre, de petits êtres grandissaient rapidement. On pouvait déjà voir leurs cheveux bouclés et leurs petites mains d'enfants. Il posa sa main contre la paroi tiède et se laissa hypnotiser par les remous et les bulles de cet utérus mécanique.

Il eut l'impression de voir les doigts du futur sujet s'agiter comme sur les touches d'un piano invisible. La fatigue, sûrement. « *Il est temps d'aller se coucher.* » Il se frotta les yeux et remonta dormir.

30.

Deux ne se fit pas attendre. Il laissa Numéro Un dans la bibliothèque, en train de lire paisiblement, assise sur le vieux fauteuil en cuir. Il était étonné que les envies de luxe de Jonathan n'en aient pas encore eu raison.

L'accueillant avec ce même sourire satisfait, Jonathan l'invita à s'asseoir. Comme à son habitude, Deux ne salua pas l'homme, qui n'essayait même plus de lui tendre la main.

— Vous me devez des explications, monsieur le directeur.

— Je comprends que vous ayez beaucoup de questions au sujet de numéro un.

— Et du gouvernement. Nous travaillons pour eux, apparemment.

— N'écoutez pas ce que cet homme vous a dit.

— J'en ai la preuve. Pourquoi l'avoir caché ?

— Parce que je connais votre passé avec eux. Je sais que vous ne leur faites pas confiance et je ne peux pas vous en vouloir. Mais ils sont très généreux.

— La dernière fois que j'ai entendu ça, j'ai failli mourir.

— Ce ne sera pas le cas, je vous en donne ma parole. Sans vouloir me vanter, contrairement à votre créateur, j'ai plus d'aise avec les convenances. Tout se passera bien.

— Qu'allons-nous faire pour Un ?

— Ce que vous avez vu, c'est la meilleure solution pour elle. Nous avons été obligés de compartimenter son esprit afin qu'elle supporte mieux tous ces changements et qu'elle ne soit pas trop importunée par les autres.

— Les autres ? Ces expériences que vous essayez de contrôler ? Ces choses qui remontent tous les soirs dans la chambre ?

— Nous les contrôlons. Cela la stabilise.

— Numéro Un a disparu. La personne qui apparaît quand je l'appelle n'est pas elle.

— Pourtant, c'est bien elle. Peut-être plus faible que dans vos souvenirs. Mais sachez que tout ce que vous voyez, c'est elle, Numéro Deux. Dans toute sa grandeur. Numéro Un a vécu une vie compliquée avant votre arrivée, ce qui l'a beaucoup affectée. Grandir a remué tout ce passé.

— Ramenez-la-moi.

— Il faut vous raisonner. Numéro Un a toujours été difficile. Le professeur Daniil m'a expliqué qu'elle était hostile à votre égard. Elle ne vous a jamais vraiment fait confiance et ne vous a donc pas montré toutes ses facettes. Réfléchissez, Deux. La connaissez-vous vraiment ?

Il se sentit piqué au vif. Les premières années passées auprès de Numéro Un n'avaient pas été faciles. Il avait dû se battre pour lui prouver sa valeur. Elle était solitaire et s'était toujours débrouillée seule avant son arrivée. Pourtant, avant que ce nouveau docteur ne débarque, il avait eu l'impression qu'elle avait enfin reconnu ses efforts et que leur lien n'était plus à sens unique. Deux serra les poings contre ses cuisses.

— Je ne veux plus lui mentir. C'est contre ce pour quoi j'ai été créé.

— Vous ne lui mentez pas. Vous la protégez de cette pénible réalité, comme un homme doit le faire. Ce n'est donc pas contre votre nature.

Il soupira et baissa la tête. Il n'avait peut-être pas tort. Il se remémora son regard rempli de panique, ses tics nerveux et la manière dont elle avait baissé la tête après cette tentative...

— D'ailleurs, dans son intérêt, je vous demanderai de ne pas la faire revenir sans cesse. Cela la perturbe beaucoup. Elle fait un long voyage depuis son subconscient. Si elle n'est pas prête, cela ne peut que lui faire du mal.

— Je ne peux pas faire ça. Cela signifierait la perdre. Ce serait comme si elle était morte.

— Ne voyez pas les choses comme ça. Elle reviendra quand elle sera prête, une fois que nous aurons répertorié tous ces personnages perturbateurs créés par son esprit. Deux, je comprends votre peine, mais j'ai de grands projets pour vous. Ces prochains mois, nous allons accélérer les tests. Vous n'êtes pas assez compatibles avec nous. Vous êtes au-dessus de notre espèce. C'est pour cela que nous sommes en train d'en créer d'autres. Moins performants, mais plus proches de nous pour réussir à développer ce vaccin. Un serait ravie d'apprendre cette avancée. Numéro Deux, traitez-les bien, car vous serez leur général. Ces nouveaux sujets auront besoin de vous, comme elle a toujours eu besoin de vous.

— J'ai une dernière question.

— Dites-moi.

— Où était-elle avant cette première mission à Moscou, avant que je ne la rejoigne ?

— Elle était ici.

Désabusé, Deux partit se promener dans une aile désaffectée du manoir. Avant, il passa par la bibliothèque pour la voir. Toujours assise sur le fauteuil, elle lisait paisiblement. Elle semblait presque elle-même. Lorsqu'un nuage abrita le soleil, elle releva soudainement la tête et regarda autour d'elle, inquiète. Deux soupira et s'en alla. Il ne voulait pas en voir plus.

Dan n'avait jamais eu les moyens de faire rénover la bâtisse principale, bien trop grande. En s'y rendant, il remarqua que des travaux avaient commencé dans l'aile Est. Combien d'argent leur rapportaient ces missions ? Leur cadre de vie s'améliorait et tous les jours de nouveaux appareils apparaissaient dans les salles d'expérimentation. Et tous ces assistants. Il lui semblait en voir chaque jour des nouveaux. Il se dirigea vers la chapelle. L'endroit était délabré, mais on pouvait encore voir les images des icônes sur les murs et les bancs en bois tenaient encore debout. Il s'assit sur l'un d'eux et fixa la croix en fer rouillée accrochée au milieu du mur. Il joignit les mains et baissa la tête, comme s'il priait.

Dans son esprit, tout était comme embrumé. Il ne reconnaissait plus Numéro Un. Son instinct, qui ne l'avait jamais trahi, lui soufflait que quelque chose n'allait pas. Cependant, s'il pouvait la sauver des autres, il ne pouvait pas la sauver d'elle-même. Amer, il dut admettre que Jonathan semblait mieux la maîtriser et l'apaiser que lui.

Et puis il prenait beaucoup de plaisir dans ses nouvelles missions. Il avait souvent carte blanche et pouvait se défouler autant qu'il en avait envie. Les nouvelles aspirations de Jonathan étaient en accord avec les siennes. Jamais ses performances n'avaient été aussi bonnes. Et maintenant, on lui donnait l'opportunité de diriger les opérations tout en s'assurant que Numéro Un soit en sécurité et de former de nouvelles recrues. On reconnaissait sa valeur et sa supériorité. Alors que demander de plus ?

31.

L'odeur de l'humidité et de la terre avait fait place à celle de l'alcool ménager et du plastique blanc capitonné qui recouvrait les murs. Numéro Un était couchée à même le sol. Les yeux fermés, elle vérifiait que son nouveau corps fonctionnait.

Ses jambes et ses bras étaient devenus plus forts. Les douleurs avaient presque disparu. Seul son esprit, entouré d'un brouillard constant, lui faisait encore défaut. Néanmoins, il s'agissait d'un élément qu'elle pensait pouvoir surmonter. La pièce était éclairée par une lumière blanche aveuglante. Ses yeux s'ouvrirent difficilement à cause de cela.

Finalement, après de longues minutes, elle se redressa et s'appuya sur le mur près de la porte. Du couloir, elle entendit une effervescence.

C'était le moment.

Elle prit de profondes respirations et se releva, confirmant que ses jambes lui permettraient d'aller plus loin et plus vite cette fois-ci. Elle tambourina à la porte, hurlant à l'aide. La nouvelle infirmière, Diana, se présenta, le regard inquiet, laissant la porte entrebâillée derrière elle.

— Mademoiselle Numéro Un ? Qu'y a-t-il, cette fois ?

— J'ai entendu quelque chose.

Numéro Un tomba dans ses bras, prenant l'infirmière de court. Celle-ci recula et essaya de la repousser, en vain.

— Numéro Un, éloignez-vous.

— J'ai entendu quelque chose, Diana. Est-ce que vous m'écoutez ?

Elle attrapa son visage et plongea ses yeux alarmés dans les siens. Diana se figea.

— Oui, je vous écoute, Un. Qu'avez-vous entendu ?

— Les voix.

— Encore ? Je vais signaler au docteur que les médicaments ne font pas effet. Que vous ont-elles dit cette fois ?

— Je suis désolée, Diana. Vous êtes une bonne personne.

Numéro Un attrapa le trousseau de clés dans la poche de l'infirmière et l'enferma dans cette chambre qui était devenue sa prison. L'agitation qui animait le sous-sol venait d'un endroit qu'Un ne connaissait pas. Elle courut jusqu'à la porte de sortie, la main sur la poignée et hésita. La lumière vacillait vers sa droite. Une impression étrange et familière s'empara d'elle. Ses idées embrumées ne l'aidaient pas à se concentrer. En vain, elle tenta de combattre ce sentiment d'abandon qui l'avait gagné. Elle voulait partir, mais quelque chose l'en empêchait.

Résignée, elle se faufila dans le couloir. Un assistant la surprit. Elle lui caressa la nuque du bout des doigts, mais cela n'eut aucun effet. D'habitude, étant douée d'un toucher sensible, elle parvenait à mettre hors d'état de nuire ses adversaires d'une simple pression dans le cou. Toutefois, elle dut se faire une raison. Si ses bras avaient retrouvé leur force, leur sensibilité n'était plus la même. Elle donna une droite sèche à l'homme, puis attrapa la carte accrochée à sa blouse. Depuis l'arrivée du docteur, les portes étaient maintenant gardées par ces badges. Elle passa une première porte sécurisée, puis une deuxième.

La salle était plongée dans une lumière ambrée, dégagée par plusieurs cubes remplis d'un liquide ocre. À l'intérieur, relié à la surface par un masque et plusieurs perfusions, flottaient d'autres créatures comme elle. L'une d'entre elles se débattait dans sa couveuse. Rassemblés dans la pièce se trouvaient une dizaine ou une vingtaine de scientifiques courant dans tous les sens, paniqués. Ils étaient si alarmés par ce qui se passait que personne ne fit attention à elle.

À cause du brouhaha et de la sirène stridente qui résonnait dans la pièce, la porte qui se trouvait derrière elle s'ouvrit sans qu'elle ne l'entende. Paralysée face à cette scène à laquelle elle ne s'attendait pas, elle ne sentit pas la main de Jonathan se poser sur son épaule pour lui injecter un calmant.

— Avez-vous aimé le spectacle, mademoiselle Numéro Un ?

Abasourdie, Un se réveilla lentement. La lumière aveuglante était de retour, mais cette fois, une camisole de force l'empêchait de bouger.

— Vous en avez créé d'autres. Pourquoi ?
— Cela ne vous regarde pas, Un.
— J'avoue que je ne vous en pensais pas capable.
— Toi et Deux avez le même sale caractère. Je vais vous apprendre à me respecter.

Il la gifla, ce qui l'étonna, mais elle ne se laissa pas démonter et continua à le regarder droit dans les yeux. Jonathan esquissa un sourire.

— Nous verrons si tu garderas ta fierté après ce que je te réserve.

— Ne me tutoyez pas, docteur. Je ne vous le permets pas.

— Je suis ton maître, Un. J'ai tous les droits.

— Je vais détruire votre travail.

Entravée par la camisole, Un essaya de creuser la distance entre elle et la nouvelle seringue que tentait de lui injecter le docteur. Elle tomba et il en profita pour la piquer.

— As-tu fait la paix avec les autres ou continues-tu de les ignorer ?

— De qui parlez-vous ?

— Des autres.

Le docteur Zaystrev leva les bras face aux murs parés de miroirs qui les entouraient. Numéro Un se redressa et regarda autour d'elle. Des dizaines d'autres elles se reflétaient dans les miroirs.

— À quoi jouez-vous ? J'ai autre chose à penser qu'à mon physique.

— Bonnes retrouvailles.

Jonathan partit, la laissant seule dans la pièce. Assise et amère, Un observa son reflet dans le miroir. Son regard bleu-gris était déterminé. Elle jura intérieurement de s'être laissée avoir si facilement. Toutefois, la découverte de ses semblables lui faisait présager le pire. Quel était vraiment le plan de Jonathan et du gouvernement cette fois ?

Insidieusement, Numéro Un commença de nouveau à se balancer. D'abord doucement, sans quitter son regard du miroir. Elle continuait à mettre au point un plan, essayant de trouver une solution pour empêcher la naissance des autres ou pour s'en faire des alliés.

— *Tu ne vas tout de même pas tuer tes semblables ?*

— *Tu devrais les tuer eux, ceux qui vous font du mal.*

Numéro Un ferma les yeux. Elle recommençait à les entendre. Ces invités indésirables. « Taisez-vous, » chuchota-t-elle. Une main apparut de nulle part, caressa son épaule. Cela était impossible, elle n'avait pas entendu la porte s'ouvrir. Son cœur battit plus vite. Apeurée, elle ferma les yeux plus fort.

Finalement, elle céda et les ouvrit. L'entourant, des dizaines d'elle la regardaient, toutes dans une position différente. Son reflet avait comme disparu, laissant place à ces mannequins.

— Non... Non, non, non, non, non. Ce n'est pas réel. Vous n'existez pas.

Elle se le répéta. En vain. La main qui l'avait touchée recommença. Elle se retourna comme une furie. Il n'y avait rien. Rien qu'un autre reflet moqueur.

Tout à coup, Un se leva, courut vers un miroir et écrasa sa tête contre celui-ci. S'efforçant de les briser, elle donna plusieurs coups. Son front saigna, mais elle continua jusqu'à ce que le sang l'aveugle. Hurlant contre elle-même, Un se débattit, essayant de sortir de la camisole, en vain. Fatiguée et étourdie par les chocs, elle s'arrêta au milieu de la pièce. Son esprit était maintenant envahi par toutes ces voix, toutes ces représentations d'elle. Elle s'agenouilla et enfouit la tête dans ses cuisses.

— Deux... Deux, je t'en supplie. Je suis désolée pour tout ce que je t'ai dit. J'ai besoin de toi. J'ai besoin de toi, maintenant. Deux...

Pour la première fois depuis sa rencontre avec lui, elle l'appela à l'aide.

Le tome 3 de Captive : Les Autres, vous attend en librairie et sur vos plateformes habituelles.

Retrouver toute l'actualité de la saga CAPTIVE sur le site officiel et les réseaux sociaux :

auteur.juliejb.com
Instagram : jjb_author
Facebook : jjbauthor